James Sallis

Cripple Creek

Une enquête de John Turner

*Traduit de l'américain
par Stéphanie Estournet et Sean Seago*

Gallimard

Titre original :

CRIPPLE CREEK

© *James Sallis, 2005.*
Original publishers : Walker & Company, New York.
© *Éditions Gallimard, 2007, pour la traduction française.*

À mon frère John
et à ma sœur bien-aimée Jerry —
en souvenir de notre quête de nourriture
quelque part près de l'endroit où vit Turner

« The blood was a-running
And I was running too... »

CHARLIE POOLE
AND THE NORTH
CAROLINA RAMBLERS

Chapitre 1

J'étais monté à Marvell, livrer un prisonnier. Rien d'extraordinaire : un type que j'avais arrêté pour conduite dangereuse et dont le permis, lorsque je le communiquai au fichier, me revint avec une ribambelle de condamnations de par là-haut, et comme j'avais à la fois le goût de la solitude et une préférence pour la conduite de nuit, et pas grand-chose sur le feu à la maison, j'avais pris mon temps pour rentrer. À présent, j'étais affamé. Tout le long de la County Road 51, je pensais au porc salé que ma mère faisait frire pour le dîner, à l'écureuil et sa sauce marron, au poisson-chat roulé dans des galettes de blé. Alors que je tournais dans Cherry Street, passant en revue le Jay's Diner, le drugstore et le bazar Manny-Tout-Pour-Rien, le supermarché A&P, l'église baptiste et la station Gulf, un vieux blues me revint en tête. Le type chante qu'il a faim, qu'il n'arrive pas à penser à autre chose qu'à manger : *J'entendis la voix d'une côte de porc qui disait : viens à moi et trouve la paix.*

La côte de porc, ou son avatar, me murmurait à l'oreille lorsque je me rangeai devant l'hôtel de ville. Le pick-up de Don Lee et la jeep étaient là. Notre moitié du bâtiment était éclairée. La seule source de lumière sur Main Street, si ce n'était les ampoules à basse tension des magasins exigées par les assurances. En fait, je ne m'attendais pas à trouver le bureau ouvert. Souvent la nuit, si l'un de nous n'y est pas ou si nous sommes tous les deux sur une affaire, nous le laissons sans surveillance. Les appels sont renvoyés sur nos numéros personnels.

À l'intérieur, Don Lee était assis au bureau, baigné de son habituelle flaque de lumière.

« Tout va bien ? demandai-je.

— C'est calme. Vers vingt-trois heures, j'ai dû interrompre la soirée arrosée des mômes du lycée.

— Comment se sont-ils procuré la bière ? Par Jimmy Ray ?

— Qui d'autre ? »

Jimmy Ray était un type simplet qui vivait dans un garage derrière chez la vieille Miss Shaughnessy. Les gosses savaient qu'il achèterait de la bière pour eux s'ils lui donnaient un ou deux dollars. Nous avions demandé aux magasins locaux de ne pas lui en vendre. Parfois cela fonctionnait, parfois non.

« Tu as eu mon message ?

— Ouais, June me l'a transmis. Tu as fait bon voyage ?

— Oui. Je pensais pas te trouver ici.

— Moi non plus, mais nous avons un invité. »

Ce qui signifiait que l'une de nos deux cellules était

occupée. C'était suffisamment rare pour me surprendre.

« C'est vraiment pas grand-chose. Vers minuit, après avoir calmé les mômes, j'ai fait un rapide tour en ville, et j'étais sur le point de rentrer à la maison quand une Mustang rouge est passée devant moi à pleine blinde. Devait être à plus de quatre-vingts. Alors je fais demi-tour. Il a le plafonnier allumé et il tient le volant d'une main, la carte dans l'autre. Il regarde un coup la carte, un coup la route.

« Je lui colle au train et j'allume le gyro, mais c'est comme s'il ne me voyait pas. Il a déjà traversé la moitié de la ville. Alors je mets la sirène — as-tu la moindre idée de la dernière fois que j'ai utilisé la sirène ? J'étais même étonné de réussir à remettre la main dessus. Je l'ai fait toussoter un peu, mais c'est comme avec le gyrophare, on dirait que le type n'entend rien. C'est à ce moment-là que j'ai mis le paquet : gyro, sirène, la totale.

« "Il y a un problème, officier ?" demande-t-il. Je suis probablement en train de me faire des idées mais son grognement ressemble beaucoup à celui de la Mustang. Je lui dis de couper son moteur, ce qu'il fait. Il me tend son permis et sa carte grise quand je les lui demande. "Ouais, je suppose que je roulais trop vite. J'ai à faire ailleurs, voyez ce que j'veux dire…"

« J'interroge le fichier, et l'État n'a rien sur lui. Je me dis que je vais juste lui remplir sa contravention, pas la peine d'aller plus loin, ce sera de la menue monnaie pour un type sapé comme lui, dans sa Mustang de collection, pas vrai ? Mais lorsque je lui donne le PV, il commence à ouvrir sa portière. "Remontez dans la voiture, s'il vous plaît, monsieur", je lui demande. Mais rien à faire. Et les invectives commencent à pleuvoir.

« "Il n'y aucune raison pour que tout ceci dégénère, monsieur", je lui dis. "Remontez dans votre voiture, s'il vous plaît. Ce n'est qu'une contravention."

« Il fait un ou deux pas vers moi. Il a le regard de quelqu'un qui est resté éveillé bien au-delà de ses limites naturelles. Drogué ? Je ne sais pas. Alcool, ça oui — rien qu'à l'odeur. Il y a une sympathique petite bouteille de Jack Daniel's sur le plancher de la voiture.

« Il fait un autre pas dans ma direction, tout en me disant que je ne sais pas à qui j'ai affaire, et ses poings sont serrés. Je le cueille au creux des genoux avec ma matraque. Une fois au sol, je lui passe les menottes.

— Et tu appelles ça calme ?

— Rien qu'on n'ait pas déjà vu cent fois.

— Exact… Tu lui as donné quelque chose à manger ? »

Don Lee acquiesça. « Le snack était fermé, bien sûr, le gril éteint. Gillie y était encore, à faire le ménage. Il a fait des sandwiches et les a apportés.

— Et ton gus a eu son coup de fil ?

— Il l'a eu.

— Tu n'aurais rien à manger, des fois ?

— Figure-toi que si. Un sandwich que Patty Ann

16

m'a emballé il y a quoi, dix ou douze heures ? Il est à toi si tu le veux. Patty Ann fait le meilleur pain de viande du monde. » Patty Ann, à savoir sa nouvelle épouse. Lisa, avec qui il s'était marié des mois avant mon apparition, s'était depuis longtemps envolée. Lonnie disait toujours que Don Lee pouvait, au premier coup d'œil, repérer parmi cent gamins celui qui avait jeté un pétard dans les toilettes de Hudson Field mais qu'il ne pouvait pas mettre la main sur une femme bien, même si sa vie en dépendait. Il y était cependant parvenu cette fois-ci, apparemment.

Don Lee sortit le sandwich de notre mini-réfrigérateur et mit du café en route. Le sandwich était emballé dans du papier gras, une tranche de pickle doux niché entre ses miches.

« Comment avancent les travaux de la maison de Val ? demanda-t-il.

— Elle a déjà fini trois pièces. Donne à cette femme un rabot, un ciseau à bois et un marteau, et elle te restaure tout ce que tu veux. Hier on a commencé à poncer le plancher d'une des pièces de derrière. On est venus à bout de quatre ou cinq couches de peinture avant de découvrir du lino. "Il y a un plancher quelque part là-dessous !" hurle Val, et elle commence à tout arracher. Parfois, c'est comme si on faisait des fouilles archéologiques, tu vois ? Super, le sandwich.

— Toujours.

— Eldon Brown passe de temps en temps pour filer un coup de main. Il dit que ça le détend. Il amène toujours sa vieille Gibson. Toute déglinguée. Lui et

Val font des pauses, assis sur le porche à jouer des airs pour violon et de vieilles chansons des montagnes. »

Don Lee nous versa à tous deux du café.

« En parlant de ça, dis-je, j'ai remarqué quand j'étais dehors à quel point cet endroit aurait besoin d'une bonne couche de peinture. »

Don Lee hocha la tête, feignant la commisération. « Les bonnes idées du milieu de la nuit. »

Du matin tôt, en fait, mais il n'avait pas tort. C'était toujours mieux que d'écouter la voix de la côte de porc.

« On est aussi en retard sur la révision du Chariot. »

Le Chariot, c'était la jeep, que nous utilisions tous deux mais que nous considérions toujours comme la propriété de Lonnie Bates. Lonnie s'était fait tirer dessus il y avait un moment déjà, et était en arrêt maladie. Lorsque le conseil municipal était venu me demander de prendre sa place, je leur avais dit qu'ils se trompaient de bonhomme. « Vous vous trompez de bonhomme, bande d'idiots », c'est ce que je leur avais dit. Plutôt gracieusement, ils avaient choisi d'ignorer mon sens inné de la repartie et de procéder à la nomination de Don Lee en tant que shérif en titre. Il avait ça dans le sang — exactement comme je l'avais dit. Je n'avais jamais vu d'homme plus fait pour servir la loi*. « J'accepte temporairement de servir sous ses ordres et d'être son adjoint », avais-je dit aux membres du conseil municipal. Le

* Voir *Bois mort*, Folio Policier, n° 567.

hic, c'est que Lonnie avait découvert qu'il aimait sa liberté, être à la maison avec sa famille, pouvoir aller pêcher en pleine journée si l'envie lui en prenait, faire des heures de sieste, regarder les séries judiciaires et les rediffusions d'Andy Griffith ou *Bonanza* à la télé. Il y avait maintenant un an que durait cet arrangement et le mot « temporaire » avait acquis une signification nouvelle.

Des phares cinglèrent les fenêtres donnant sur la rue.

« C'est Sonny. Il était chez sa mère pour son anniversaire tantôt. Pas pu se libérer avant pour tracter la Mustang. »

Nous sortîmes remercier Sonny et signer le bordereau. Probable qu'il allait devoir attendre deux ou trois mois avant le paiement. Nous le savions. Il le savait aussi. Le conseil municipal et Sims, le maire, traînaient les pieds sans fin lorsqu'il s'agissait de signer des chèques. Afin de pouvoir simplement honorer les factures dont le paiement assurait la viabilité de la ville, salaires, électricité et ainsi de suite, la comptable de la municipalité enfouissait de l'argent sur des comptes secrets. Personne ne parlait de ça non plus, bien que tout le monde fût au courant.

« Ça va peut-être prendre un moment avant que tu aies ton argent, lui dis-je en lui repassant le porte-document.

— Pas de problème », répondit Sonny. Depuis un an que je le connaissais, je ne l'avais jamais entendu dire grand-chose de plus. « Je viens de faire le plein à la pompe. — Pas de problème. » « La jeep tire à droite, tu crois que tu peux y jeter un œil ? — Pas de problème. »

Les feux arrière de Sonny s'estompèrent tandis qu'il regagnait la station Gulf pour troquer la dépanneuse contre sa Honda. Don Lee et moi-même nous tenions à côté de la Mustang. L'éclairage public la faisait passer du rouge à un mauve maladif.

« Tu l'as inspectée sur place, non ? demandai-je.

— Pas vraiment. J'avais déjà fort à faire avec notre ami Junior là-dedans. Pas comme si lui ou la voiture allaient aller où que ce soit. »

Don Lee tira les clés de la poche de sa chemise en polyester kaki.

Dans la voiture, qui empestait l'after-shave au patchouli et la sueur, il y avait une demi-bouteille de Jack Daniel's, une carte routière froissée comme une tente mal montée sur le siège du passager, au plancher une édition de poche d'un Elmore Leonard à la couverture arrachée, quelques chemises, des pantalons de rechange et un blouson de sport en pied-de-poule pendus au crochet de la banquette arrière, un baise-en-ville contenant des affaires de toilette, du linge propre, une demi-douzaine de paires de chaussettes identiques dans les bleus sombres, quelques cravates roulées.

Dans le coffre, un sac de sport en nylon qui renfermait deux cent mille dollars et des poussières.

Chapitre 2

Deux jours plus tôt, j'étais assis sur ma véranda avec les restes d'un ragoût de lapin. Pas que je chasse, mais mon voisin Nathan, si. Nathan vivait dans une cabane sur les hauteurs depuis plus de soixante ans. Tout le monde disait que celui qui posait un pied sur ses terres devait s'attendre à prendre une volée de chevrotines. Mais à peine avais-je emménagé qu'il était passé avec une bouteille maison. Nous nous l'étions partagée en silence ici même, et depuis, toutes les deux ou trois semaines, Nathan débarque. Toujours avec une bouteille, parfois avec une paire d'écureuils si fraîchement tués qu'ils dégagent encore ce relent terreux et cuivré du sang, une poignée de cailles, un canard ou un lapin.

Lorsque j'étais enfant, certains membres de ma famille ressemblaient beaucoup à Nathan. On les voyait peut-être une ou deux fois l'an. Certains dimanches, on s'entassait tous dans la Dodge aux tons vert et crème avec ses pare-soleil de plastique vert au-dessus du pare-brise et sur les vitres latérales. On parcourait les étroites nationales qui débouchaient sur des routes bitumées flanquées de part et d'autre de champs de coton, leurs graines blanches et étonnantes comme du pop-corn, un biplan plongeait parfois pour pulvériser une double canonnade d'insecticide ; puis le long de chemins de terre jusqu'à un débarcadère creusé d'ornières sur Madden Bay où patientaient pick-up et remorques à bateau, et d'où Louis ou Monty nous envoyaient un signe de la main et réduisaient le régime du hors-bord en approche, pour finalement le couper et, pagaie sous le bras, traçant des huit, ramenaient gentiment le bateau jusqu'à la rive.

À quelle liberté renonçait alors le bateau...

Louis ou Monty aussi, je crois.

Je ne savais jamais trop quoi leur dire. Ils étaient pleins de bonté, faisaient de leur mieux pour établir un rapport avec mon frère et moi, et prenaient soin de nous montrer leur affection, mais la simple vérité est qu'ils étaient aussi mal à l'aise avec nous qu'avec ces villes qui avaient surgi autour d'eux, cette cohorte de décisionnaires, d'éboueurs, de factures et de privilèges. J'ai le sentiment que Louis et Monty se sentaient peut-être plus de liens avec les perches et les brèmes qu'ils tiraient pantelantes de la baie, qu'avec Thomas et moi. Au plus profond d'eux-mêmes, mes oncles rêvaient d'avant-postes, de frontières, de forêts et de *badlands*[1].

---

1. Nom provenant des colons français qui trouvaient que les terres qu'ils investissaient étaient mauvaises. *(Toutes les notes sont des traducteurs.)*

Ta propre propension à vivre en marge, se pourrait-il que tu la tiennes d'eux ? me suggéra ma formation de psy — silencieuse compagne assise à mes côtés sur la véranda, quoique pas aussi silencieuse que je l'aurais souhaité. Une des nombreuses choses que j'avais pensé laisser derrière moi en venant ici.

Le ragoût était délicieux. J'avais découpé le lapin, l'avais frotté au gros sel et au poivre, l'avais mis à roussir dans une cocotte, puis j'avais ajouté un reste d'une des bouteilles de Nathan, des carottes, du céleri et quelques légumes verts. J'avais couvert le tout et mis à feu aussi doux que possible.

Val était partie vers minuit. Elle n'était pas seulement mystérieusement réceptive à mon besoin de solitude, elle le partageait. Plus tôt, nous avions travaillé sur sa maison et nous étions ensuite revenus ici, où j'avais mis le ragoût à mijoter tandis que nous nous installions sur la véranda pour parler de tout et de rien, mesurant le temps à la décroissance baro-métrique de la bouteille de Glenfiddich tandis que le vrombissement des cigales et des sauterelles croissait jusqu'au couchant, puis s'estompait. Des oiseaux plongeaient bas sur le lac, remontaient dans un ciel semblable à un panier de fruits abstraits : pêche, prune, pamplemousse rose.

« Troisième séance au tribunal pour un cas de garde d'enfant », me répondit Val lorsque je m'informai de sa journée. Conseillère légale pour les casernes militaires, elle conservait également un cabinet privé de droit familial. « La mère fait partie de l'Église du Dieu Ancien.

— Un genre de culte ?

— Pas loin. Ils se targuent d'être revenus à l'Église telle qu'elle était, au temps de la Bible. Genre baptistes ou Église du Christ puissance dix.

— J'aime autant pas y penser.

— Exactement… Le père est enseignant. D'histoire médiévale, niveau universitaire.

— Étant donné l'époque et son point de vue, ses cours doivent être intéressants.

— Probablement.

— Quel âge a la fille ?

— Jamais dit que c'était une fille.

— Une supposition de ma part.

— Elle a treize ans. Sarah.

— Qu'est-ce qu'elle veut, elle ? »

Val accrocha la bouteille, nous resservit une généreuse dose de single malt.

« Qu'est-ce qu'on veut tous à cet âge-là ? Tout. »

La nuit était tombée. Un silence de mort à présent — brisé par le cri d'une grenouille du côté du lac.

« Ça sent bon là-dedans. » Val leva son verre, observa la lune au travers comme s'il s'agissait d'un sextant. Trouver sa position, tracer sa route. « Elle va finir chez sa mère, j'en ai peur.

— Tu représentes le père ? »

Elle acquiesça. « Même si c'est Sarah qui me tient à cœur.

— Étant donné les circonstances, elle doit avoir…

comment vous appelez ça ? Un défenseur commis par la cour, un représentant légal ?

— Un défenseur *ad litem*, mais en l'occurrence, il s'agit plutôt d'un défenseur *pro forma*, malheureusement. »

Emportant mon fond de Glenfiddich, je rentrai jeter un œil à notre dîner. Ce serait meilleur le lendemain, mais c'était prêt. J'attrapai des bols et les emplis de ragoût de lapin, d'orge et d'épaisses rondelles de carottes, disposai des tranches de pain par-dessus.

Assis dehors, Val et moi nous employâmes à puiser de grandes cuillerées brûlantes et à souffler dessus.

« Ce système est pourri, dit Val après une bouchée incandescente, en aspirant de l'air. Il est plein de failles.

— Des failles que tu peux exploiter, néanmoins. »

J'étais en train de penser à Sally Gene, une assistante sociale que j'avais connue à Memphis. Tout ce truc donnait l'impression de croître, m'avait dit Sally Gene, tout ce système de protection de l'enfance et les lois qui le garantissent, comme ces gens qui prennent un mobile home et l'agrandissent, une véranda ici, une chambre d'amis là. Aucune réelle planification. Et la moitié du truc est sur le point de s'écrouler autour de vous, les portes ne ferment pas et tout s'envole par les fenêtres. Utile, mais usant. Jusqu'à l'épuisement.

« Absolument, dit Val. Et beaucoup de ce à quoi je parviens doit plus aux failles qu'à la loi. Tu es là,

25

devant le juge, tu penses que tu comprends la situation, tu penses connaître la loi et avoir planché sur une affaire, mais quoi que le juge dise, ça fait autorité. Un seul homme, une seule femme doit-il avoir autant de pouvoir ? Finalement tu en viens juste à espérer que le juge a bien dormi, qu'il ne s'est pas pris la tête avec ses enfants au petit déjeuner. »

Nous mangeâmes, puis Val, mimant la complainte d'une mendiante faisant l'aumône, tendit son bol. Je remplis aussi le mien, et revins sur la véranda, la porte-moustiquaire battant derrière moi. Aussitôt Val commença à tremper son pain et le laissa dégoutter.

« Toujours si délicate. Quelles manières ! »

Elle me tira la langue. Je lui montrai le coin de ma bouche pour lui signifier qu'elle avait de la nourriture à cet endroit-là. Alors qu'elle n'en avait pas.

« Bien souvent il n'y a pas de bonne réponse, pas de solution, dit-elle. On veut toujours qu'il y en ait une. On a besoin d'y croire, j'imagine. »

Après cela, on resta un moment sans parler. Le ululement sépulcral d'une chouette dans un arbre, pas loin.

« Tu sais, c'est peut-être l'une des meilleures choses que j'aie mangées. Nous devrions observer une minute de silence pour le lapin.

— Qui a donné sa vie…

— Je ne peux pas croire qu'il était volontaire. Même si l'idée de Monsieur Lapin frappant à la porte de Nathan et faisant don de sa personne pour le plus grand bien est fascinante. »

Elle déposa son bol vide sur le sol, derrière sa chaise.

« Sarah est perdue, dit-elle. Je ne peux rien y faire. Vivre avec sa mère va indéniablement l'abîmer. Son père est tout juste en état de fonctionner. Il prend ses vêtements à la gauche de sa penderie et tout au long du mois glisse régulièrement vers la droite, il a ses CD numérotés, qu'il écoute dans l'ordre. Ses livres sur les étagères sont rangés par taille.

— Peut-être qu'elle s'en sortira.

— Peut-être. Certains d'entre nous y parviennent, pas vrai ? Mais il y en a d'autres qu'on ne réussit jamais à sauver. »

Dans l'heure, je raccompagnai Val à sa voiture. Je savais qu'elle ne resterait pas mais le lui proposais quand même. Elle m'attira à elle et nous nous étreignîmes un moment en silence. Cet enlacement et la chaleur de son corps, sans parler du silence, semblaient suffisants pour répondre aux questions que le monde pouvait me poser. Depuis le faîte du toit de la grange, une chouette, peut-être celle que nous avions aperçue plus tôt, nous fixait.

« Excellent dîner, dit Val.

— En excellente compagnie.

— Oui, excellente. »

La chouette et moi regardâmes la Volvo faire marche arrière et entamer sa reptation par-delà le lac. Puis la chouette fit pivoter sa tête à cent quatre-vingts degrés, comme un canon de tourelle. Le tintamarre du moteur de Val déclinait et je me revis à écouter la jeep de Lonnie, cette première fois, tandis qu'elle faisait le tour du lac. J'avais mis un bouquet d'iris dans le coffre, où Val rangeait sa mallette, et je me réjouissais de l'imaginer trouvant les fleurs.

Il restait toutefois un peu de Glenfiddich dans la bouteille.

Je me resservis tandis que la chouette s'envolait à ses affaires. Les miennes étant ce whisky, j'entendais bien m'y consacrer.

Je patrouillais les rues depuis déjà deux ans lorsque je me réveillai dans une pièce blanche, des bips et une sorte de murmure de pompes tout près, plus loin des bribes de conversation, des sonneries de téléphone. Je voulais m'asseoir mais n'y parvenais pas. Un visage de matrone apparut au-dessus de moi.

« Vous vous êtes fait tirer dessus, officier. Tout va bien, maintenant. Mais vous avez besoin de repos. »

Ses mains se levèrent vers la perfusion à côté de moi et y manipulèrent une petite molette, tandis que je sombrais à nouveau.

Quand je refis surface, un autre visage flottait au-dessus de moi, regardant mes yeux depuis un cône de lumière.

« Alors, on se sent mieux ? »

Un homme, cette fois, accent britannique ou australien.

Puis il alla au bout de mon lit, tâta mes pieds. Il chercha le pouls, comme je l'appris plus tard. Il prit des notes sur un bloc, le posa. Il tendait la main vers la perfusion lorsque je l'attrapai, secouant la tête.

« Ordre du médecin, dit-il.

— Il est là ?

— Pas en ce moment, mon vieux.

— Il n'y est pas, nous oui. Mais c'est encore lui qui prend les décisions nous concernant, pas vrai ?

— Vous refusez d'être médicamenté ?

— C'est nécessaire ?

— À vous de me dire.

— Que je refuse ?

— Oui. Pour que je puisse en prendre acte.

— Très bien, je refuse d'être médicamenté.

— Comme vous voudrez. » Il prit le bloc, y inscrivit quelque chose. « Les chirurgiens d'ici aiment garder leurs patients dans les limbes les premières vingt-quatre ou trente-six heures. Il y a des infirmiers pour remettre cette manière de faire en question, à juste titre. Mais on est qui, nous ?

— Juste ceux qui restent à côté de notre lit à traverser toute cette merde avec nous, pas vrai ?

— C'est exactement ce que je veux dire.

— Je suis là depuis combien de temps ?

— Admis sur le coup de six heures, dix-huit heures, je veux dire, un peu avant le début de mon service. Aux soins intensifs. Avant ça, z'étiez en salle d'opération, je dirais pendant environ une heure, et avant ça aux urgences. Ils ne vous y auraient pas gardé longtemps avec une blessure par balle, vu que vous êtes de la police et tout ça.

— Comment vous appelez-vous ?

— Ion. »

L'aube grignotait la fenêtre.

« Vous savez ce qui m'est arrivé, Ion ? »

29

— Blessé en service, c'est ce que j'ai sur votre rapport, tout juste de retour de la salle d'opération, les suites habituelles des soins intensifs, pas de complications. Toujours pressée de retrouver son jeune mari à la maison, cette Billie. Attendez une seconde. Je vais chercher votre dossier, qu'on tire ça au clair. »

Il fut de retour après quelques instants. Les téléphones n'arrêtaient pas de sonner au bureau des infirmières, juste derrière ma porte. Il devait y avoir une cage d'ascenseur tout près. Je ne cessais d'entendre le geignement profond de sa course, le choc sourd de la cabine parvenant à destination, les bruits venus du couloir lorsque s'ouvraient les portes.

Ion tira près du lit une chaise en plastique destinée aux visiteurs, il farfouilla dans le dossier.

« Apparemment, vous avez répondu à un appel de voisinage suite à une dispute conjugale. Z'y êtes allé, z'avez trouvé un type qui battait sa femme avec un bout de tuyau d'arrosage. Vous l'avez mis à terre…

— Par-derrière, un étranglement.

— Ah ?

— Et sa femme m'a tiré dessus.

— Ça vous revient, n'est-ce pas ?

— Pas vraiment. Mais je sais comment ce genre de choses évoluent en général. »

On frappa sans conviction à la porte et un visage apparut, appuyé au chambranle. Une jeune femme avec une coupe à la tondeuse rappelant celle d'un marine, et un diamant dans le nez.

« C'est déjà l'heure ? demanda Ion. Je suis à toi tout de suite, C.C. Donne-moi juste une minute.

« Changement de service, me dit-il, les yeux à nouveau sur mon dossier. Voyons... Une balle a traversé le haut de votre cuisse, net, pas de vaisseaux majeurs abîmés. Il a dû y avoir beaucoup de sang, j'imagine. Deux ou trois muscles importants ont été plus ou moins déchiquetés. Tout est rentré dans l'ordre mais les muscles mettent un temps fou à vous pardonner.

— C'est pour cela que je ne peux pas bouger ?

— Non, ça c'est plutôt les entraves. Désolé. » Ion détacha les liens de nylon accrochés au montant du lit, fit glisser les menottes rembourrées de mes poignets et chevilles. « Apparemment vous n'avez pas très bien réagi à l'un des sédatifs, c'est plutôt courant. Mais vous devez avoir quasiment tout évacué à présent. »

Le visage percé apparut de nouveau dans l'embrasure de la porte.

« C.C. Quoi, t'as un putain de bus à prendre ? T'es là pour douze heures. Va prendre des pouls, fais semblant d'être une infirmière. J'arrive dans une minute, d'accord ? »

Je le remerciai.

Debout, il releva la jambe de son pantalon et révéla une jambe rosâtre, qui rendit un son creux lorsqu'il la cogna des phalanges. « Je suis passé par là, officier, et bien. Compliments de Miss Thatcher. »

Il ne réapparut jamais à mon chevet. À mes questions, il me fut répondu qu'il avait été affecté à une

31

autre unité, que tous les infirmiers tournaient entre les diverses unités de soins intensifs.

« Combien d'USI y a-t-il ?

— Tis. » Six.

« Ça fait beaucoup de soins.

— Monde est dur. »

Angie avait, quoi, vingt-quatre ans ? D'un autre côté, elle était coréenne, alors peut-être savait-elle, à titre personnel, à quel point le monde pouvait être dur.

Je pensais moi aussi le savoir, bien entendu. Des semaines de rééducation, des semaines à furieusement envoyer des messages le long de la colonne vertébrale à une jambe qui tout d'abord les ignora puis consentit à peine à y répondre, des semaines à observer ceux qui m'entouraient — des malades atteints de sclérose en plaques, des gens malformés de naissance, victimes de traumatismes graves ou d'attaques — m'apprirent le contraire. Mon monde était facile.

Quatre mois plus tard, de nouveau en service quoique toujours affecté aux travaux administratifs, j'avais personnellement remercié tous les autres qui avaient participé à mes soins, mais en essayant de trouver la trace d'Ion, j'appris qu'il n'avait pas simplement été affecté à un autre service de soins intensifs comme il m'avait été répondu, mais qu'il ne faisait plus partie du personnel de l'hôpital.

Deux ou trois appels soi-disant officiels de l'officier Turner au MPD[1], et je me garai sur le parking

1. Memphis Police Department.

d'un complexe d'appartements au sud de Memphis. Pas de trace d'air conditionné et le mercure flirtait avec les trente degrés, si bien que la plupart des appartements avaient leur porte et leurs fenêtres ouvertes, à l'affût de courants d'air inexistants. Le parking était couvert de pick-up qui perdaient leur huile et de berlines disgracieuses dont la date d'expiration était passée depuis longtemps. La piscine, d'une autre époque, avait été remplie de ciment peint en bleu.

Je frappai à la porte du 1-C. Je tenais un sac de bonnes choses, aux poignées de papier nouées par un ruban — des bonbons, des cookies, du fromage et des craquelins, du salami, et de la saucisse sèche fumée.

« Quoi ? » dit-il comme la porte s'ouvrait. Visage bouffi, sclérotique rougissante. Vêtu d'un short et d'un T-shirt. Le pied de sa bonne jambe était nu ; il portait une chaussure à l'autre. Depuis les profondeurs émanait un morceau de Van Morrison. « Tupelo Honey ».

« Quoi ? dit-il encore.

— Vous ne vous souvenez pas de moi ?

— Je devrais ?

— Officier Turner. Admis avec une blessure par balle courant août. Vous vous êtes occupé de moi.

— Désolé, mon vieux. C'est tout flou dans ma tête. »

Un tourbillon de mouvements derrière lui se précisa, un corps s'approcha de nous. Cheveux blonds tondus, piercing diamant. Pas grand-chose d'autre en matière de déguisement. Ni de vêtements, d'ailleurs.

« Je voulais juste vous remercier, dis-je, alors que je lui tendais le sac. Excusez mon intrusion. »

Il prit le sac, en écarta les poignées pour regarder dedans. Le ruban se déchira, tomba par terre.

« Hé ! Merci, mec. » Il observa un moment le ruban à mes pieds. « Prends soin de toi, OK ? »

Personne, pensai-je plus tard à la maison, tandis que je me remémorais sa gentillesse et sa sollicitude tout en attaquant le trentième fléchissement de jambe d'une série d'exercices qui me tiendrait une heure, celui de la chaise et les steps se profilant devant moi, alors que mes muscles entraient enfin sur la voie du pardon, personne n'est à l'abri.

Chapitre 3

L'homme dans notre cellule, Judd Kurtz, refusait de parler. Lorsque nous lui demandâmes d'où venait l'argent, il sourit et tenta le regard cour de prison. Ses yeux restaient comme suspendus dans le no man's land entre une chevelure brune et rase et un cou taurin.

Nous passâmes les coups de fil réglementaires à l'État. Ils nous transmettraient l'éventuel historique des condamnations ou des mandats courant encore pour Kurtz, vérifieraient les empreintes que Don Lee avait relevées avec le kit AFIS. Ils allaient également voir avec les fédéraux à propos d'affaires récentes de cambriolages et de détournements de fonds. Bailey, le commandant de la caserne, nous affirma qu'il ferait aussi vite que possible. On réveilla Stew Daniels, le président de la banque, pour qu'il mette l'argent dans la chambre forte.

« Tu veux que je reste ? » demandai-je à Don Lee. L'aube pointait déjà derrière les fenêtres.

« Pas la peine. Rentre chez toi. Va dormir. Reviens cet après-midi. »

« — T'es sûr ?

— Fous-moi le camp, Turner. »

La fraîcheur régnait encore lorsque je rejoignis la cabane et le soleil de l'aube faisait ricocher d'étincelantes pièces de monnaie à la surface du lac. Ici et là, depuis d'anciens bosquets de chênes et de cyprès, de jeunes colombes s'appelaient. La brume s'accrochait à la surface de l'eau. Je n'étais pas venu ici pour trouver la beauté, mais celle-ci faisait ce qu'il fallait pour faire son chemin jusqu'à moi. La Volvo jaune de Val était devant, sous le pacanier. Deux écureuils étaient assis sur une branche basse et regardaient la voiture d'un œil torve tout en bavardant. Comme je me hissais, Val sortit sur la véranda avec deux *mugs* de café.

« J'ai appris que tu étais de retour au port, moussaillon.

— Hé ! madame.

— Et la Fairlane ?

— Pas mal, à part les épandeurs aériens qui prennent le capot pour une piste d'atterrissage. »

J'avais finalement craqué et acheté une voiture à cette Miss Shaughnessy qui louait son garage à Jimmy Ray, celui-là même qui achetait des bières pour les mineurs. Ce machin était un tank : le capot arrivait en ville dix minutes avant moi. Miss Shaughnessy l'avait achetée neuve presque quarante ans auparavant et l'avait payée cash, mais elle n'avait jamais vraiment appris à conduire. Depuis, la voiture était garée sur des parpaings, avec moins de cent cinquante kilomètres au compteur. C'était Lonnie qui avait fait en sorte qu'elle me la vende. Il était passé voir Miss Shaughnessy avec deux assiettes Jay's Diner couvertes de papier aluminium et de la bière, et il en était revenu avec les clés.

Je ne me souviens pas très bien de cette matinée. Val et moi nous tenions côte à côte dans la véranda, sur des chaises de cuisine que j'avais débusquées de la décharge municipale en haut de la rue. Je lui racontai la dernière prise de Don Lee. L'argent dans le sac de sport en nylon. Je lui dis que j'étais fatigué, j'avais mal partout, j'étais éreinté. Nous regardions les moineaux, les cardinaux, et les piverts se poser dans les arbres et les geais bleus les maudire. Tout près, deux cailles couraient, tête et épaules basses comme des soldats, de taillis en taillis. Un écureuil vint brièvement sur la véranda et nous regarda, assis sur son arrière-train. Je crois que je parlais à Val de la côtelette de porc.

Je me souviens ensuite qu'elle est près de moi sur le lit et je suis soudainement réveillé. Pas de lumière directe depuis les fenêtres est ou ouest, le soleil est donc plus vraisemblablement au-dessus de nous.

« Tu ne vas pas travailler aujourd'hui ?

— Nouveau règlement. Les employés de l'État sont encouragés à faire du télétravail un jour par semaine.

— Et pourquoi donc ?

— Nouvelle loi, qualité de l'air.

— Parce qu'il y en a du mauvais ?

— Désolée, je croyais que tu étais réveillé, mais

visiblement tu ne l'es pas vraiment. J'ai parlé du gouvernement, pas vrai ?

— Ah ouais, d'accord.

— Tu m'as demandé de te réveiller vers midi. Le café est presque prêt, et le restaurant Chez Val est sur le point d'ouvrir. Je te donne un menu ?

— Des flocons d'avoine.

— Des flocons d'avoine ? Je sonde un homme plus âgé, m'attendant à recueillir les bénéfices de son expérience — à toucher le fond de la sagesse et tout ça, et tout ce que j'obtiens, ce sont des flocons d'avoine ? »

C'est ce qu'elle fit, et moi aussi, et dans l'heure, après m'être douché, rasé, après avoir pris un petit déjeuner de flocons d'avoine et changé de vêtements, je me garai près de l'hôtel de ville. Le Chariot et le pick-up de Don Lee étaient toujours là, avec la Neon de June. Les stores étaient fermés.

Ces stores ne sont jamais fermés à part la nuit.

Et la porte était close.

Si toutefois je n'étais pas parfaitement réveillé jusqu'ici, je l'étais désormais.

J'avais une clé, bien sûr. En revanche, je n'avais pas la moindre idée de l'endroit où elle pouvait être. C'était le moment de compter sur ma grande expérience d'homme de terrain : je forçai la porte. Heureusement une décennie de chaleur avait fait son office. À ma troisième tentative, le montant se fendit au niveau de la serrure.

Donna, l'une des deux secrétaires de l'autre partie de l'hôtel de ville — le bureau du maire, les employés de mairie, les services de l'eau et du tout-à-l'égout, l'aspect administratif des choses —, apparut à mes côtés pour dire : « Nous avons une clé, vous savez. » Puis elle jeta un coup d'œil vers l'intérieur.

June était étendue là, une mare de sang en forme de trèfle sous sa tête, son sac toujours accroché à son épaule. Elle respirait doucement, régulièrement. Des bulles de sang se formaient et éclataient de sa narine droite à chaque respiration. Comme sur un écran de cinéma, je l'imaginais arrivant pour prendre son service, les surprenant en pleine action. Elle avait dû déverrouiller la porte et entrer. Une main sur le .22 qui était tombé de son sac quand elle avait chuté, me dis-je. Tout comme moi, elle avait compris que quelque chose ne tournait pas rond.

Puis, deux toutes petites questions à ajouter à la grande.

Pourquoi June avait-elle un revolver dans son sac ?

Et Don Lee était-il déjà à terre quand elle arriva ?

Il était allongé sur le sol, près de la porte qui menait aux pièces de stockage et aux cellules. Un œuf de perdrix de la couleur et de la forme d'une tomate roma trop mûre lui sortait de la partie gauche de la tête. Je jetai un coup d'œil par la porte ouverte et vis que la cellule était vide. Les yeux de Don Lee cillèrent comme je m'agenouillais à ses côtés. Il essayait de dire quelque chose. Je m'approchai davantage.

« Boules de gomme ? »

Il secoua la tête.

« Goombahs. »

Pendant ce temps, Donna avait pris contact avec Doc Oldham, qui, comme d'habitude, arriva en râlant. « On ne peut même plus déjeuner tranquillement, de nos jours. Qu'est-ce qui t'arrive encore, Turner ? C'était un endroit paisible, tu sais ? Et puis tu es arrivé. »

Il s'appuya sur un genou, au côté de June. Un instant, j'aurais juré qu'il était sur le point de perdre l'équilibre. Des gouttelettes de sueur, défiant la gravité, s'accrochaient à son cuir chevelu. Il chercha la carotide de June, et posa brièvement une main sur sa poitrine. D'une main précautionneuse, il maintenait sa tête et la palpait, vérifiant les pupilles, les oreilles.

« Je suppose que tu l'as déjà fait ? demanda-t-il.

— Pupilles symétriques et réactives, donc pas de signe de commotion cérébrale. Pas de fremitus ou d'autres signes de problèmes respiratoires. Pas de signe d'étranglement. À mon avis, quelqu'un qui montait la garde à la porte. Un coup unique destiné seulement à la mettre à terre. »

Les yeux d'Oldham rencontrèrent les miens. Nous avions tous deux été dans cette situation à de trop nombreuses reprises.

« J'allais dire : pas mal pour un amateur. Mais ce n'est pas ce que tu es, pas vrai ? J'allais donc passer pour un con. Pas la première fois. Et, je l'espère, pas la dernière. » S'accrochant au plateau d'une table, il chancela. « Il faut que je regarde l'autre.

— Pupilles asymétriques mais réactives. Sans connaissance, mais il m'a parlé tout à l'heure, et il réagit à la douleur. N'a pas l'air d'avoir perdu beaucoup de sang. Fonctions vitales normales. Estimation de la pression artérielle, entre quatre-vingt-dix et soixante, environ.

— On a appelé une ambulance ?

— On est en train.

— Ça peut prendre un moment. Rory n'est pas toujours facile à réveiller une fois qu'il s'est mis au lit pour la journée. Merde, nous sommes face à une putain de scène de crime.

— J'en ai peur.

— T'ai-je dit à quel point je déteste les audiences au tribunal.

— Une ou deux fois.

— Il y en a qui seraient contents de payer ton ticket retour pour la maison, tu vois ? » Il s'appuya lourdement contre le mur, sa respiration se calmait par paliers, comme un cerf-volant qui descend du ciel. « Mais tu ne vas nulle part, mon garçon, pas vrai ?

— Non, monsieur.

— Tu en es sûr ?

— Absolument. »

Il se décolla du mur.

« Bien. Les choses sont devenues largement plus intéressantes depuis que tu es dans les parages. »

Doc Oldham et moi les emmenâmes à l'hôpital qui se trouvait sur la route de Little Rock, après quoi Doc se sentit obligé de nous faire la démonstration d'un nouveau pas. Il s'était récemment mis aux claquettes, que Dieu nous vienne en aide, et chaque fois que vous le voyiez, il voulait vous montrer ses derniers enchaînements. Un homme qui tenait à peine debout ! C'était comme de regarder un pécanier à moitié pourri sur le point de s'écrouler. Mais finalement, il partit tenter de prendre une nouvelle fois son foutu déjeuner, et j'allai travailler. J'étais sur le point de commencer quand Buster arriva. Buster effectuait un remplacement en tant qu'aide-cuisinier au snack, il passait la plupart de ses nuits à le nettoyer, s'accrochait à la moindre tâche qu'on pouvait lui donner à faire. Je n'ai jamais pu savoir ce qu'il avait, un genre de paralysie agitante ou simplement l'usure normale des nerfs, mais certains de ses membres étaient toujours en mouvement.

« Doc dit que vous pourriez avoir besoin d'aide pour ranger le bureau », dit-il en jetant un coup d'œil alentour. Quand sa tête cessa de bouger, l'un de ses pieds prit la relève. « Pour moi, Pears avait raison.

— N'êtes pas obligé.

— Ben non, monsieur », grimaça-t-il. Puis ses lèvres se détendirent et ses yeux rencontrèrent les miens. Il leva une main tremblante. « Mais je suis à peu près sûr qu'ça pourrait vous être utile.

— D'accord pour vingt ?

— Oui, monsieur. Tout à fait d'accord. Surtout qu'il y a l'anniversaire de mariage qui arrive et tout ça.

— Combien ça vous fait d'années ensemble, avec Donna ?

— Cinquante-huit.

— Félicitations.

— C'est elle qu'il faut féliciter d'avoir supporté un type comme moi toutes ces années. »

Buster retourna dans le débarras pour y trouver ce dont il avait besoin tandis que je me replongeais dans mon boulot. Buster pourrait balayer les escaliers de Grand Central Station pendant l'heure de pointe sans pour autant entraver le chemin de quiconque. Quelqu'un a dit un jour à propos d'un officiel russe qui avait survécu aux régimes successifs qu'il avait appris à passer entre les gouttes de pluie et aurait pu faire sa route sous une averse sans être mouillé. C'était le cas de Buster.

La boîte de rangement sur le bureau de Don contenait son rapport ; une photocopie de l'original du PV pour excès de vitesse y était agrafée. Il avait consigné l'interpellation dans le grand livre, l'heure de l'arrestation ainsi que son motif, l'heure d'arrivée au bureau, l'immatriculation de l'arrestation. La colonne EF (effets personnels) était cochée, de même que la colonne ED (empreintes digitales) et AP (appel personnel).

Par simple curiosité, je feuilletai les pages précédentes pour voir la dernière fois où nous avions relevé des empreintes digitales ou laissé passer un coup de fil. Nous n'avions que rarement de la visite pour la nuit, et quand cela arrivait, c'était en général des hommes qui avaient un peu trop bu, des gamins qui en avaient marre du lycée et qui avaient été pris pour vandalisme, des disputes domestiques anodines et occasionnelles qui nécessitaient un moment d'apaisement.

Quatre mois plus tôt, j'avais répondu à un appel du collège signalant une personne suspecte. Dominic Ford n'avait opposé aucune résistance mais je l'avais incarcéré et j'avais rentré ses chiffres dans le système au cas peu probable où il se serait agi d'un pédophile ou d'un délinquant récidiviste. Il se trouva qu'il n'était qu'un père brouillé avec les siens, qui tentait juste d'apercevoir sa fille de douze ans pour s'assurer que tout allait bien pour elle.

Six mois plus tard, Don Lee répondait à un appel selon lequel un homme « pas du coin » et qui parlait tout seul était assis sur le seul banc du minuscule parc au bout de Main Street. Pensant que ce pouvait être un malade mental, Don Lee interrogea le fichier. Il s'avéra qu'il était prêtre de l'Église de la Pentecôte bien au sud de Memphis, vers la limite de l'État où les casinos flottants sur la rivière avaient transformé Tunica en un nouvel Atlantic City. Il avait seulement voulu retourner à un endroit qui ressemblait à celui où il avait grandi, avait-il expliqué. Revenir à ses racines, les sentir de nouveau. Il était assis sur le banc et préparait son sermon.

La dernière fois, c'était un an auparavant, quand Lonnie, Don Lee et moi avions découvert comment Carl Hazelwood avait été tué — le jour où le shérif s'était fait tirer dessus*.

Toutes ces années, je n'avais jamais vu quoi que

* Voir *Bois mort*, Folio Policier, n° 567.

ce soit ressemblant à une évasion et présumais que ce genre de choses n'arrivait que dans de vieux westerns ou dans des films de gangsters. Mais il était évident que ces gens étaient venus ici pour aider Judd Kurtz à se faire la belle. Goombahs, avait dit Don Lee. Même parmi les plus durs à cuire, ils n'étaient pas nombreux ceux qui se seraient approchés aussi impunément du bureau d'un shérif, même modeste comme l'était le nôtre.

Je regardai la croix sous AP, puis appelai moi-même Mabel chez Bell South.

« Ça va pour Don Lee et Miss June ? demandat-elle aussitôt lorsqu'elle entendit ma voix.

— On espère. En attendant, j'ai besoin d'un service.

— Tout ce que vous voudrez.

— Que savez-vous de ce qui s'est passé ?

— Tout ce que j'ai entendu, c'est que quelqu'un a fait irruption et leur a foutu une dérouillée.

— Ce quelqu'un était ici pour faire évader un homme que Don Lee a arrêté pour une infraction routière.

— Eh bien, ils prennent le code de la route très au sérieux, pas vrai ! »

Mabel était connue pour son humour mordant. Sans mentionner qu'elle était la commère la plus en vue de la ville.

« Ce type a passé un coup de fil depuis le bureau juste après que Don Lee l'a arrêté, sur le coup d'une heure du matin. Je sais que c'est...

— C'est vrai que ça l'est. Maintenant, demandez-moi si ça me pose un problème. Donnez-moi juste cinq, dix minutes.

— Merci, mon chou.

— Merci pour quoi ? Je ne fais rien. »

Pas vraiment cinq ou dix minutes, plutôt deux.

Elle lut le numéro. « Passé à 1 h 14. » Un appel vers Memphis.

« Pouvez-vous, d'une manière ou d'une autre, savoir à quoi correspond ce numéro ?

— Comme si je ne l'avais pas déjà fait. Le restaurant Chez Nino. Deux lignes. L'une est officielle, on dirait que c'est celle qui reçoit la plupart des appels. L'autre…

— Est probablement celle d'un bureau ou d'une cabine à l'arrière du restaurant.

— Sûrement un truc de la ville, dit Mabel avec l'équivalent d'un haussement d'épaules dans la voix. Ça vous va ?

— Je vous en dois une, Mabel.

— Assurez-vous juste de passer mon bonjour à Miss June et Don Lee quand vous les verrez.

— J'y manquerai pas. »

« Pardon, monsieur Turner ? » La tête montée sur ressort, Buster se tenait dans l'encadrement de la porte. « C'est bon pour ici. Ch'uis censé aller laver la voiture du maire maintenant. Plus une ou deux autres, j'imagine. » Quand sa tête se calma, l'un de ses bras s'éleva. « Trouvé ça là-dedans. »

Une carte de visite. Je la pris. Mis un billet de vingt, et un de dix à la place.

« Tous mes remerciements, monsieur.

— C'est quand, votre anniversaire de mariage, Buster ?

— Jeudi qui vient.

— Peut-être que vous pourriez amener Della chez moi, ce soir-là. Nous laisser, Val et moi, vous préparer un dîner pour tous les deux. Nous aimerions beaucoup la rencontrer.

— Eh ben, sûr que ça me plairait, monsieur Turner. J'apprécie la proposition. Et pardonnez-moi de vous le dire, mais Della, elle serait très mal à l'aise avec ça.

— Je comprends. Peut-être une autre fois.

— Peut-être bien.

— Dommage, cependant.

— Oui, monsieur, c'est vrai. »

Chapitre 4

En tant que représentants des forces de l'ordre modernes, nous ne connaissons que rarement l'issue de nos efforts. Nous usons de moyens détournés et nous chargeons du gros œuvre, remplissons la paperasse, témoignons aux procès, passons à autre chose. Ce n'est pas Gunsmoke, ni même NYPD Blue. Tantôt nous apprenons par le bouche-à-oreille que Shawn DeLee a pris perpète, ou, si nous avons le temps et nous donnons la peine de jeter un œil sur les fichiers informatiques, que Billyboy Davis s'est encore fait prendre par les fédéraux au cours d'une perquisition éclair. Pour les autres, notre propos est toujours centré sur la justice et les critères de la communauté.

À cette époque, j'avais été en dehors de la vie durant une longue période. Mais depuis des semaines, là-bas à Memphis, Herb Danziger suivait d'une certaine manière ma piste et m'avait appelé pour me dire que Lou Winter, qui renouvelait d'épuisants appels, était inscrit sur la liste des exécutions.

Danziger était l'avocat désigné d'office de Lou Winter lors de son premier procès. Il avait mis une trentaine d'années à être certain que les grosses sociétés prospères deviendraient plus grosses et plus prospères, et un jour (« pas de crise de conscience, j'en avais juste ras le bol de ce que j'avais dans le crâne »), il avait laissé tomber et commencé à s'intéresser à des cas difficiles.

Six années plus tôt, un client insatisfait se tenait dans l'encadrement de la porte de l'appartement de Danziger, un soir, comme il rentrait chez lui. La chose la plus atroce que vous puissiez voir, avait dit l'auxiliaire médical sur place. On se rend là-bas et ce type est assis sur le trottoir, dos contre le mur, jambes déployées devant lui. La poignée d'un manche de couteau de chasse sort de sa tête, comme s'il avait une corne, voyez ? Et il chante « Buffalo Gals Won't You Come Home Tonight ».

Il survécut mais avec des séquelles cérébrales considérables. Ses mains étaient secouées de soubresauts et l'un de ses pieds traînait, ouvrant le chemin de sa mémoire disparue aux nids-de-poule. Il était dans une maison spécialisée depuis. Mais tous les vieux acolytes se montraient régulièrement pour une visite, ramenant avec eux les derniers potins du tribunal.

« Pour l'instant, début septembre. Je te tiendrai au courant.

— Merci, Herb. Ça va pour toi ?

— Mieux que jamais. La thérapeute aimerait bien m'adopter si c'était possible. Qui aurait pu imaginer que j'avais un talent artistique ? Mes scoubidous et mes découpages sont ce qui se fait de mieux. Les autres n'ont plus que leurs yeux pour pleurer.

— Besoin de quoi que ce soit ?

— Tout baigne. Si tu passes dans le coin, viens me rendre visite, c'est tout.

— Je n'y manquerai pas. »

Lou Winter avait tué quatre enfants, que des garçons âgés de dix à treize ans. À la différence d'autres prédateurs de chair juvénile, il ne molestait jamais ses victimes ni ne se montrait incorrect avec eux. Il les rencontrait principalement dans les centres commerciaux, devenait leur ami, les invitait à de longs repas, souvent suivis d'un film, puis les tuait et les enterrait dans sa cour. Chaque tombe était surmontée d'un petit jardin potager : tomates pour l'un, courgettes pour l'autre, poivrons d'Anaheim pour un troisième. Au-dessus de la plus récente ne sortait pour l'instant qu'une mince tige surmontée de deux feuilles minuscules.

En tant que détective, c'était peut-être ma quatrième ou cinquième prise, rien de plus qu'un cas de personne disparue, à ce moment-là. J'y avais été affecté de manière tout à fait arbitraire et n'avais que peu d'idées sur ce que je faisais ou sur la manière dont il convenait de procéder. Tout le monde dans la boîte le savait — les officiers de garde, les autres détectives, les techniciens du médico-légal, les uniformes, probablement la femme de ménage. Ça faisait une semaine que j'étais sur l'affaire sans le moindre brin d'herbe auquel me raccrocher lorsqu'un soir je trouvai un petit mot glissé sous l'un de mes essuie-glaces. Je n'ai jamais su qui l'avait mis là. Il portait le nom de l'enfant disparu, celui que je recherchais, suivi du chiffre 4. Y étaient également écrits un autre nom et l'adresse d'un magasin d'animaux du Westwood Mall.

Une sonnette retentit faiblement lorsque je poussai la porte. Lou Winter sortit de la réserve du magasin et resta à m'observer, sachant déjà, je pense, qui j'étais. Lorsque je le lui dis, il se contenta de hocher la tête, les yeux toujours rivés aux miens. Des yeux qui avaient quelque chose d'étrange, pensai-je déjà.

« J'ai une chatte en train de mettre bas, là-derrière, dit-il. Vous me donnez quelques minutes ? »

Je le suivis et restai à ses côtés tandis que, roucoulant et caressant, tirant doucement d'un doigt pour inciter le premier chaton à sortir, le premier de cinq, il aidait la chatte à mettre bas. Non, pas cinq : six. Car, bien longtemps après que les autres eurent rejoint notre monde, une sixième tête apparut.

Le dernier chaton n'avait qu'une seule patte avant, quelque chose clochait également avec son crâne. Lou Winter le prit tendrement et dit : « Elle n'en voudra pas, mais il faut quand même essayer, pas vrai ? » tandis qu'il écartait les autres et plaçait le dernier-né tout contre elle.

« Je prends mes affaires. » Un coupe-vent gris. Un sac de gym qui contenait, je l'apprendrais plus tard, dentifrice et brosse à dents, un bloc-notes Red Chief et une boîte de crayons n° 2, plusieurs gants de toilette, six paires de chaussettes blanches encore emballées, une Bible format livre de poche. « Je vais juste fermer. » Il décrocha une pancarte cartonnée : « De retour de suite », et la mit sur la porte. « Marcie prend son service après sa séance de gym, sera là d'une minute à l'autre. »

Sans jamais demander comment je l'avais trouvé, ni manifester la moindre surprise.

Une fois que nous eûmes quitté le magasin, je remarquai chez lui un début d'embarras ou d'indécision, et qu'il restait près de moi, le visage ridé de concentration. Dégénérescence maculaire, comme je l'apprendrais plus tard. À l'instar de beaucoup de personnes dont les facultés baissent, il avait compensé par la mémorisation de son entourage et le recours à des schémas de fonctionnement. Mais Lou Winter était plus qu'à moitié aveugle.

Devant le commissariat, un homme vêtu d'un complet coûteux et de chaussures à peu près de la même valeur que le complet s'approcha et se présenta comme étant l'avocat de monsieur Winter. Lui et Winter s'observèrent un moment, puis Winter hocha la tête.

C'était Herb Danziger.

Des années plus tard, une fois que nous fûmes devenus plus ou moins amis, je demandai à Herb comment il se faisait que ce soit lui, ce jour-là. « On m'a tuyauté, dit-il. Un coup de fil anonyme. » Puis, souriant, il ajouta : « Tu crois quand même pas qu'un avocat dénoncerait son propre client, quand même. »

Une fois à l'intérieur, faisant fi des conseils de prudence de Danziger, Lou Winter nous raconta tout. Les quatre enfants, ce qu'ils avaient mangé ensemble, les films qu'ils avaient vus, les tombes. Le Dr Vandiver, un psychiatre qui travaillait comme consultant pour le service, descendit nous voir de Baptist. « Qu'en pensez-vous, docteur ? » demanda le capitaine Adams. Vandiver ne détacha pas ses yeux de la fenêtre. « Je ne trouve pas les mots, dit-il au bout d'un moment. Celui qui me revient tout le temps c'est "tristesse". »

Il fallut moins de trente minutes au jury pour revenir avec le verdict et pas plus de deux au juge pour condamner Lou Winter à mort. Herb Danziger multiplia les procédures d'appel au nom de Winter, jusqu'au jour de son agression. Il essaya même de le défendre une fois après. Mais lorsque vint son tour, Herb resta assis à regarder tourner les pales du ventilateur, intrigué par les ombres qu'elles projetaient au plafond. Le juge suspendit la procédure jusqu'à la semaine suivante, et appointa un nouvel avocat.

Je raccrochai après avoir fini de parler à Herb. Des nuages glissaient le long du ciel comme si, après avoir bafouillé, ils avaient hâte de quitter la scène. De l'autre côté de la rue, les jambes de Terry Billings dépassaient de sous son pick-up tandis qu'il bricolait sa transmission pour la troisième fois ce mois-ci, et tentait de lui soutirer encore quelques centaines de kilomètres.

Je pensai à Herb, à Lou Winter, et je me souvins de la remarque inattendue du Dr Vandiver.

De sa tristesse.

Pas pour lui-même, mais pour les autres, les enfants. D'une curieuse façon, Lou Winter était connecté à l'humanité comme peu d'entre nous le sont, mais la connexion était défectueuse. De petits câbles s'étaient rompus, des étincelles jaillissaient des raccords.

À une époque, je n'avais rien souhaité d'autre que de voir Lou Winter condamné, et exécuté. Je comprenais désormais que Herb s'accroche : dans un monde qui se vidait un peu plus chaque jour de la présence de Herb, Lou Winter était l'un des rares liens tangibles avec son passé. De ce qu'avait représenté sa vie, ce qu'il en avait fait.

Était-ce vraiment très différent pour moi ?

Lou Winter avait fait partie de ma vie et de mon monde depuis tout aussi longtemps. Il était tout à fait possible qu'en le perdant je perde un sous-continent inexploré de moi-même.

Le même jour, me souvins-je, j'avais arrêté Gladys Tate pour conduite en état d'ivresse. Elle conduisait la Chevy de 57 d'Ed, son mari, et manqua de tomber deux fois en en descendant. Elle avait déjà percuté quelque chose et démoli un phare et une partie de la calandre. Quand je suggérai qu'Ed allait devenir enragé, une moitié de son visage sourit, l'autre cligna de l'œil et elle dit : « Ed s'en foutra. Il a un nouveau jouet. » Son nouveau jouet était une femme qu'il avait rencontrée au bowling de Poplar Grove et avec qui il avait quitté la ville. Gladys tourna les yeux vers la vieille église, désormais un amas de planches disjointes, déchiquetées, et de peinture blanche jaunie, le squelette d'un clocher y subsistant encore. Puis son regard se raccrocha au mien. « J'ai des habits dans le sèche-linge, dit-elle, je peux rentrer, maintenant ? »

...

Chapitre 5

La carte de visite était celle d'un consultant finan-
cier qui avait ses bureaux vers Monroe à Memphis.
Tout ce truc de consultant m'a toujours échappé, je
n'ai jamais compris. À mesure que notre société évo-
lue, nous nous éloignons de plus en plus de ceux qui
font réellement le boulot. Consultant, d'après moi,
était la dernière limite avant le grand saut dans le vide.

J'étais venu ici dans un but précis. Être seul, sans
attaches, sans responsabilités. Et tout d'un coup,
je regarde autour de moi et me retrouve au centre
de cette communauté, à un point tel qu'il est difficile de me dégager quelques jours pour un saut à
Memphis.

Mon premier appel fut pour Lonnie. Bien sûr, il
assurerait l'intérim, sans problème. Ça ferait du bien
de reprendre un peu le collier, à condition que ce soit
temporaire.

« Je vais essayer de faire au plus vite, dis-je.

— Tu vas leur courir après, pas vrai ?

— Tu n'en ferais pas autant ?

— Ils ont fait du mal à ma fille, Turner. Sans raison, juste parce qu'elle était là.

— J'ai l'impression qu'ils s'imaginent pouvoir faire tout ce qu'ils veulent, ici dans la brousse.

— N'oublie pas de passer un appel de courtoisie aux forces de l'ordre du coin.

— Je ne suis pas sûr que le MPD veuille avoir de mes nouvelles.

— Appelle-les quand même. Tu as encore des contacts ?

— À vrai dire, j'en sais rien.

— Tâche de le savoir. Et si c'est le cas, exploite-les autant que possible. Quoi que tu puisses en tirer. »

Mon appel suivant fut pour Bailey, le commandant de la caserne, qui promit de nous envoyer deux policiers à la retraite qui se relaieraient comme adjoints. « Croyez-moi, ils seront contents de prendre l'air. »

Puis Val.

« Laisse-moi deviner. Tu vas t'absenter quelques jours. » Elle rit. « Le commandant Bailey me l'a dit. » Après tout, elle représentait la caserne. « Je dois dire que ça ne m'a pas du tout surprise. Tu as une idée de quand tu vas revenir ?

— J'appellerai, je te tiendrai au courant.

— T'as intérêt.

— Tu vas me manquer. »

Un autre de ces vifs éclats de rire que j'en étais venu à chérir. « Ça fait pitié, dit-elle, à quel point j'espérais que tu dirais quelque chose comme ça. »

Quarante minutes plus tard, je roulais sur la

Highway 51 à bord du Chariot, la jeep de Lonnie, muni d'un bagage qui contenait des sous-vêtements, des chaussettes, deux chemises, un treillis de rechange juste au cas où, et une trousse de toilette élémentaire. L'arme dont je ne me servais jamais, un .38 Special que Don Lee avait insisté à me donner lorsque j'avais commencé à travailler pour lui, reposait enroulé dans une serviette, dans un petit sac Glad, sous le siège du passager. Il me semblait la sentir m'appeler de là-dessous, une attraction qu'il m'était insupportable d'admettre autant qu'il m'aurait été insupportable de lui céder.

Je n'avais pas remis les pieds à Memphis depuis, quoi, presque deux ans. Le cœur de la ville ne semblait jamais beaucoup changer. Les fast-foods franchisés et les grandes enseignes sortent plus nombreuses de terre, les rues continuent de s'écrouler du centre vers les bords, les files de magasins abandonnés, de commerces, de bâtiments entiers de bureaux continuent de s'allonger. Lorsque l'économie va mal, les fuites apparaissent aux joints les plus faibles. Le Delta encaisse durement depuis des décennies. Quand on roule le long des rues principales de petites villes comme Helena, juste un peu plus bas sur le fleuve, ou bien dans le coin de Rosedale, la moitié des magasins sont aussi vides que des boîtes à chaussures. Le fleuve est toujours impressionnant, mais il a cessé depuis longtemps de représenter un quelconque avantage économique.

Juste après la limite de la ville, je m'arrêtai au Momma's Café pour boire un café et manger un hamburger. L'endroit était quasiment camouflé derrière un fourré de camions de livraison et de pick-up délabrés. Même ici dans le Sud, les centres-villes s'homogénéisent, une longue chaîne monotone de McDo, de KFC et de Denny's, tandis que les cafés et restaurants locaux se cramponnent en périphérie, comme propulsés là par une force centrifuge. Désormais je constate qu'il me faut m'immerger progressivement dans l'environnement urbain, n'importe quel environnement urbain, comme un plongeur sur le point d'entamer un virage — mais je m'immerge. Et le Momma's était parfait pour ça. De là, je continuai ma route et traînai quelques heures dans les rues où j'avais patrouillées à l'époque où j'étais flic. Je sentais la ville reprendre lentement ses marques autour de moi. Je roulai au nord vers Poplar, là où se dressait autrefois l'East High School, devenue désormais un douillet petit nid de résidences familiales individuelles bardées d'alu et flanquées de minuscules pelouses manucurées à l'avant et à l'arrière. Je passai Overton Square. Enfilant Walnut, je tournai à gauche sur Vance et traversai Orleans. J'atteignis Able et continuai au nord vers Beale et Union. Un saut par le 102-A Birch Street, où j'avais tiré sur mon coéquipier Randy.

Lorsque j'y étais affecté, le commissariat central était situé sur South Flicker, au deuxième étage d'une vieille station Armor. Désormais, il était logé au 426 Tillman dans le quartier de Binghamton, qui fut pendant des années l'un des plus durs et malfamés de la ville et qui semblait, surtout avec l'achèvement récent du Sam Cooper Boulevard, revenir à des jours meilleurs.

Je me garai sur un emplacement visiteur, entrai et donnai mon nom à un sergent à l'accueil, qui me dit que quelqu'un allait me recevoir tout de suite. Tout de suite, présumai-je, était l'équivalent « d'un jour à l'autre » chez nous. Finalement, le sergent Collins apparut et m'escorta à travers un dédale de bureaux métalliques délabrés jusqu'à une pièce sur l'arrière.

Sam Hamill avait été une bleusaille en même temps que moi. Aujourd'hui, que Dieu le protège, il était le major Hamill, flic en chef. Vingt kilos supplémentaires, beaucoup moins de cheveux, des poches de graisse autour des yeux. Vêtu d'un complet de gabardine bleu marine et d'une cravate tricotée anthracite qui aurait été du dernier chic en 1970.

« Turner. Seigneur Jésus.

— On trouve tout et n'importe quoi dans un poste de police, pas vrai ? »

Il se leva de son bureau pour me serrer la main. Cela lui demanda quelque effort. De se lever de derrière sa table de travail, indubitablement. Et probablement aussi, d'une autre manière, de me serrer la main.

« Où diable étais-tu passé ?

— Ailleurs. »

Il se réinstalla délicatement dans son fauteuil ; ses gestes évoquaient une crise d'hémorroïdes ou une blessure par balle dans la région fessière. « C'est ce que j'ai entendu dire. Les gars qui me l'ont dit, c'était genre :"Hé, il est parti. Faut fêter ça."

— Je n'en doute pas un instant. »

Nous restâmes à nous observer par-dessus l'archipel de son bureau.

« T'as gravement déconné au boulot, Turner.

— Pas qu'au boulot.

— C'est ce qui se dit. » Il me fixa, sourit et souffla un peu avant de demander : « Alors, t'étais passé où ?

— Chez moi, pour ainsi dire.

— Et maintenant te revoilà.

— Temporairement. Juste de passage. Parti avant que tu t'en rendes compte.

— J'étais justement au téléphone avec Lonnie Bates.

— Je suppose que cela explique pourquoi le sergent Collins à l'accueil m'a fait poireauter.

— Le shérif Bates dit beaucoup de bien de toi. Semble être un type bien.

— Il l'est. Il aurait fait un grand arnaqueur. Les gens ont tendance à le voir comme un flic de la cambrousse, et il joue le jeu, alors qu'en vérité, il est aussi malin et compétent que n'importe lequel des hommes avec qui j'ai travaillé. Pareil pour son adjoint.

— Son autre adjoint, tu veux dire.

— Son autre adjoint, exact. »

Sam acquiesça. Sur son cou, des paquets de chair flasque se mirent à frémir. « Bates m'a raconté ce qui s'est passé. »

Il tritura son *mug* Webster. Un fagot de stylos à bille, un coupe-papier, des ciseaux, un double-décimètre, deux pailles à soda dans leur emballage, un cigare bon marché sous cellophane.

« Un shérif adjoint d'un autre comté, ça pèse pas lourd ici, à Memphis.

— Je sais ça. D'un autre côté, j'ai aussi une commission rogatoire.

— C'est ce que Bates m'a dit. Alors après avoir raccroché, j'ai appelé notre propre bureau du shérif et j'ai parlé à leur section des criminels en fuite, ceux avec qui on pourrait logiquement s'attendre à ce que tu collabores. On leur file un coup de main à l'occasion. Un petit jeu de "maman, est-ce que je peux…", c'est à ça que ça se résume, la plupart du temps. Tu sais comment ça marche. »

J'acquiesçai. « C'est ta ville, Sam, et c'est entre tes mains. J'apprécierais juste d'être sur le coup.

— Bien sûr, reste à savoir où se trouve le coup.

— Judd Kurtz, ça ne te dit rien ?

— À moi, non. Nino's, on connaît. Semper Fi Investments aussi. On les a à l'œil. Attends une minute. »

Il composa un numéro interne, écouta sonner.

« Hamill. Aucune rumeur dans la rue au sujet d'un quart de million manquant ?… Je vois… Si je te soufflais à l'oreille le nom de Judd Kurtz, est-ce que ça me vaudrait un petit bisou ?… Merci, Stan. »

Il raccrocha.

« Stan est à la tête de notre département anti-crime organisé. Il dit qu'il y a une semaine ou deux, un petit bras a fait sa tournée — passé sa sébile, comme dit Stan — puis s'est évanoui dans la nature. La rumeur veut qu'il soit le neveu d'un des caïds. Stan dit aussi que quelqu'un a tout fait pour que ça ne s'ébruite pas.

— Mais il y a toujours des fuites. »

Sam acquiesça.

« Stan a-t-il une quelconque idée de l'endroit où pourrait se trouver ce supposé neveu ?

— Ça fait si longtemps que ça que tu es parti, Turner. Tu crois qu'on va retrouver ce type ? Quoi, il a arnaqué un des boss, puis il s'est fait arrêter en pleine cambrousse, les obligeant à envoyer leurs gros bras ? Tu crois que ça va aider son plan de carrière ? Neveu ou pas, il est au fond du fleuve à l'heure qu'il est.

— Auquel cas il me faut trouver les gros bras.

— Comment je m'en suis douté ? » Son regard glissa par la fenêtre jusqu'à la salle de réunion. Tous les bons trucs s'y passaient. Lui-même y était autrefois. « Tu sais que ton mandat ne les concerne pas.

— Je ne te demande pas de m'aider, Sam. J'espère juste que toi et tes gars n'allez pas me gêner.

— Oh, je crois qu'on peut faire un peu mieux que ça. »

Il composa un autre numéro. « Tracy, t'as une minute ? »

Dix, douze mesures et la porte s'ouvrit.

La trentaine, jean à boutons, T-shirt noir, un bla-

zer par-dessus, nez retroussé, boucle argentée escaladant l'extérieur d'une oreille.

« Tracy Caulding. Shérif adjoint Turner. Crois-
le si tu veux, cet homme était autrefois l'un des
nôtres. On a débuté ensemble dans ce boulot, en
fait.

— Ouah. En voilà une référence.

— Le shérif de son patelin s'est fait amocher par
quelques gros durs de chez nous. Turner aimerait
faire leur connaissance.

— Amocher ?

— Il est vivant. Mais son badge va rester un
moment dans le tiroir.

— Ça craint.

— Aucune contestation de ma part. Des rats des
villes en virée campagnarde. C'est pas leur territoire, qu'est-ce qu'ils en ont à foutre ? Ils rentrent,
ils sortent, ils disparaissent.

— Qu'est-ce que je viens faire là-dedans, Sam ?

— Jamais dit "monsieur" ou "patron" de toute
ta vie ?

— Pas que je sache. Ma mère…

— Était une féministe hardcore, haro sur les maux
de la société. Il m'arrive de lire les dossiers du personnel, Tracy. »

Elle sourit, ce qui contribua peut-être en cet instant au réchauffement planétaire.

« Le problème, c'est que ça fait un moment que
Turner n'est plus dans le coup. On veut pas qu'il se
perde. Fais-lui visiter, aide-le à se réinsérer.

— Tu veux dire, couvre-le, dit Tracy Caulding.

— J'ai pas besoin de protection, Sam.

— Je sais, vieux frère. Ce que je me dis, c'est qu'avec toi de nouveau dans le secteur, c'est peut-être nous qui avons besoin de protection. »

Chapitre 6

On a fait un fabuleux barbecue ce soir-là, Tracy Caulding et moi, chez Sonny Boy's #2 sur Lamar : tables de pique-nique à l'intérieur, du thé glacé dans des carafes en plastique qui dégoulinent, un rouleau de serviettes en papier à chaque table. Pas de Sonny Boy's #1, me dit Tracy — pas qu'on risquait de s'en soucier après une ou deux bouchées. Du porc grillé, un cole slaw crémeux, une mixture de fèves et de haricots rouges, des biscuits. « Biscuits sortant du four à toute heure », proclamait un panneau fait main.

Malgré tout son délabrement culturel, Memphis reste une grande ville pour le barbecue.

Tracy reposa dans son assiette les travers de porc qu'elle avait sucés jusqu'à l'os, arracha une serviette du rouleau et s'essuya la bouche avec la même gourmandise que lorsqu'elle avait attaqué le barbecue. Elle empoigna une nouvelle portion de travers, prête à être dévorée, me dit : « J'ai pris un café avec Stan Dimitri tout à l'heure. Du département anti-crime organisé ? Il m'a tuyauté sur le réseau Aleché.

— C'est comme ça qu'on les appelle, maintenant ? Des réseaux ? Nous, on appelait ça des gangs.

— Puis ça a été des équipes. Maintenant, on dit des réseaux. Celui-ci est la source du principal flux d'argent blanchi par Semper Fi Investments. Dirigé, croyez-le ou non, par un Amérindien qui se fait passer pour un Méditerranéen. Né Jimmy McCallum, se fait appeler Jorge Aleché depuis des années.

— Le neveu serait le sien ?

— Stan le pense.

— Stan le pense. C'est tout ce que vous avez ? »

Haussement d'épaules. « Qu'est-ce que vous voulez que je vous dise ?

— Eh bien… Moi, ce que je pense, c'est que le temps est venu de secouer la cage un bon coup. »

La deuxième portion de travers tomba dans son assiette. Une troisième ou quatrième serviette en papier effaça ses péchés les plus récents. Pour les plus anciens, cela nécessiterait davantage de temps.

« Et Sam qui croit que vous avez perdu la main. » Elle leva sa bière, inclinant le goulot dans ma direction. « Je sais qui vous êtes, Turner.

— Le contraire m'aurait étonné. Même dans une grande ville, ce boulot est un village.

— J'ai commencé à entendre des histoires sur vous dès mon premier jour dans la rue.

— Et je me souviens de la première fois que j'ai regardé dans le rétro d'une voiture et que j'ai lu la mise en garde : LES DISTANCES PEUVENT ÊTRE TROMPEUSES.

— Mais putain, qu'est-ce que ça veut dire ?

— Qu'on ne peut pas faire confiance aux histoires.

— Ouais, mais combien d'entre nous réussissent à avoir des histoires qui circulent sur leur compte ? » Elle vida sa bière. « Vous avez remarqué que ces bouteilles n'arrêtent pas de rétrécir. »

De la poche de poitrine de son blazer elle tira un petit calepin de reporter. Trouva une page vierge, griffonna une adresse et un numéro de téléphone, arracha la page et me la tendit.

« Dites-vous que ça fait partie de votre visite guidée.

— Vous avez mémorisé tout ça ?

— Y a des gens qui ont des articulations farceuses, qui peuvent plier leur pouce jusqu'au bras… Moi, j'ai une mémoire farceuse. Il suffit que je voie ou que j'entende un truc et je ne peux plus l'oublier.

— Je vous paye une autre bière avant que les bouteilles soient trop petites ? L'alcool tue les neurones, vous savez — ça pourrait aider à sevrer votre mémoire.

— Ça vaut le coup d'essayer. »

Je fis signe au garçon, commandai une autre bière pour Tracy et un bourbon sec pour moi. Il nous servit et commença à débarrasser les assiettes.

« En parlant d'histoires, ça m'en rappelle une que j'ai lue il y a des années, dit Tracy. À l'époque, j'étais à fond dans la science-fiction et je découvrais la lecture. Chaque livre que j'ouvrais était un trésor. Un de ces vieux auteurs — Kuttner, Kornbluth, c'était un de ces gars-là. Les gens vivaient presque éternellement. Mais tous les cent ans à peu près, il leur fallait revenir dans un centre pour se plonger dans une piscine et la traverser à la nage. Pour se rajeunir, certainement, disait l'histoire. Une renaissance symbolique. Mais ce qui m'a marquée, c'est que l'eau de cette piscine miraculeuse effaçait leur mémoire, tournait la page, pour qu'ils puissent continuer. »

Je pris une gorgée de bourbon pleine d'affection et de mesure. Il y eut un temps dans ma vie où cette dernière n'était pas de circonstance. Tout ce truc d'être mesuré nous gagne insidieusement. On commence par compter les cheveux dans le siphon de la baignoire, et en un rien de temps on en est à dire aux gens qu'on n'a droit qu'à une tasse et demie de café par jour, à vérifier les taux de graisses saturées sur les étiquettes, à essayer de répartir nos défaillances, comme un comptable en partie double de l'histoire et de la mémoire défaillante.

« Je ne suis pas sûr de savoir comment réagir, dis-je à Tracy.

— Ouais. Moi non plus. Exactement ce que je veux dire. Quatre cents personnes tuées dans l'effondrement d'un immeuble bas de gamme au Pakistan. Un gamin de quinze ans va au lycée avec un fusil d'assaut et tue trois profs, le principal, douze de ses camarades. La moitié des citoyens d'un pays dont vous n'avez jamais entendu parler se jettent sur l'autre moitié, les tuent ou les dépècent et les enterrent au bulldozer dans des fosses communes. Y a-t-il une façon appropriée de réagir à ça ? Si seulement on pouvait aller se baigner et tout effacer. Mais on ne peut pas. »

Nous finîmes nos verres en silence avant de dégager. Assez des problèmes éternels du monde et des nôtres.

« À demain ? dit Tracy.

— À la première heure.

— Vous êtes descendu où ? »

Vu que c'est moi qui payais, j'avais pris la chambre la moins chère que j'avais pu trouver, au Nu-Way Motel, à la périphérie de la ville. Chaque module était peint dans une teinte pastel différente, la mienne ne pouvant être qualifiée que de rose Pepto-Bismol[1]. On n'aurait pas été surpris d'y tomber sur une pile de magazines des années cinquante.

Je raccompagnai Tracy Caulding jusqu'à sa Honda Civic bleu et lui donnai mes coordonnées, numéro de chambre et téléphone. « Inutile de noter, pas vrai ? » dis-je, ce qui me valut un nouvel aperçu du sourire qui avait illuminé le bureau de Sam au commissariat. Par habitude, je jetai un coup d'œil de contrôle à l'intérieur de la voiture et y vis sur la banquette arrière des manuels scolaires empilés comme une ziggourat.

« Comment ? On s'intéresse donc à autre chose qu'au maintien de l'ordre. »

---

1. Nom d'un médicament.

Elle leva les mains, paumes tendues, une parodie de reddition. « Lisez-moi mes droits.

— Études supérieures, à ce qu'on dirait.

— J'avoue. Maîtrise pour être travailleur social, me reste six UV à passer. »

Elle s'adossa à la portière arrière, triturant son oreille cerclée de fer.

« Flic, c'est la dernière chose que je pensais faire. À onze, douze ans, je voulais déjà enseigner. Toujours le nez dans un bouquin. Mais j'ai grandi sur un terrain de caravaning, jamais mes parents n'auraient pu m'envoyer à la fac, même dans le coin. J'avais de hautes ambitions, pourtant, et j'ai envoyé mon dossier d'admission partout dans le Sud, même à des endroits comme Tulane ou Duke. Memphis State m'a proposé une bourse complète. On m'a promis une place d'enseignante auprès de sixièmes avant même que j'aie mon diplôme. Au bout de cinq semaines, j'ai tout envoyé balader. »

Elle posa sa main sur mon bras.

« Tout ce qui m'avait semblé aller de soi durant ces années s'est évanoui. Je n'avais plus aucune idée de qui j'étais, ni de ce que je pouvais bien faire, et il me fallait du boulot. Un dimanche matin, j'étais en train de lire les annonces et il y en a eu une dans un coin de la page qui m'a attiré l'œil. Celle avec l'insigne à gauche. Vous êtes diplômé de l'université ? disait-elle. Vous voulez faire bouger les choses ? — ou un truc naze dans ce goût-là. Une de ces tentatives sporadiques du service pour améliorer son image. Ils voulaient des diplômés, et ils proposaient une formation accélérée à ceux qui feraient l'affaire. Et me voici. Je vous en ai dit bien plus que vous ne vouliez en entendre. Désolée.

— Ne le soyez pas. »

Elle me regardait maintenant depuis sa voiture.

« On devrait causer un peu psycho-socio et travail social, à l'occasion, dis-je.

— Vous avez pratiqué un peu vous-même, à ce qu'on m'a dit.

— Dites plutôt que j'ai remué la vase.

— Alors, on devrait causer. Mais ne venez pas me dire que j'ai tort, d'accord ? » En tirant sur sa ceinture. « À demain, Turner. » Son visage dans le rétroviseur tandis qu'elle s'éloignait. Les distances peuvent être trompeuses.

De retour au motel, je fis mon chemin dans une forêt de chiffres, le 9 pour la ligne externe, le 1 pour la longue distance, code local, numéro de carte de crédit, code perso. Le vrai policier des temps modernes.

« Bureau du shérif.

— Qui est à l'appareil ?

— Rob Olson.

— Trooper ?

— Y a intérêt. C'est qui ?

— Turner, j'appelle de Memphis.

— L'adjoint, c'est ça ?

— C'est ça. J'imagine que Lonnie n'est pas dans le coin si tard, si ?

— Il est toujours dans le coin. Bien qu'il soit peut-être préférable que vous ne lui disiez pas que j'ai

dit ça. » Le son d'un café bruyamment dégluti fran-
chissant les kilomètres. « Y devrait être là maintenant mais il est parti sur un accident. Je lui ai dit
que je pouvais m'en charger, mais il n'a rien voulu
savoir. Vous patientez une minute, Turner ? J'ai
quelqu'un sur l'autre ligne. »

Puis il fut de retour.

« C'était Bates sur la ligne 2. Il est à l'hôpital
avec un accidenté, y veut vous parler. Patientez. Je
vais essayer de vous le passer. »

Un certain temps s'écoula.

« Turner. Z'êtes là ? J'arrive pas à faire marcher
ce bon Dieu de truc. Et je viens de raccrocher au
nez du shérif. Il est toujours à l'hôpital. Voulez
l'appeler là-bas ? »

Il me donna le numéro, et c'est ce que je fis.

« Ces gars de la caserne sont champions du monde
pour la paperasserie, me dit Lonnie lorsque je lui
racontai ce qui s'était passé. Pour le reste… »

Quelqu'un à ses côtés râlait. J'avais probablement
appelé sur la ligne des urgences, qui était la seule
qui fonctionnait à cette heure-là. L'hôpital local n'était
pas beaucoup plus grand ni complexe que notre
bureau.

« Travail de police, dit-il. On se détend, Gladys. »
Puis, à moi : « Alors t'es toujours à Memphis. De
l'action ? »

Je lui racontai ma visite. Renouer avec Sam
Hamill, faire la connaissance de Tracy. « Je crois
que j'ai peut-être trouvé où aller chercher ce qu'il
me faut, lui dis-je.

— Bien. C'est du rapide.

— J'ai suivi ton conseil.

— Hamill t'a mis en contact avec Tracy en sachant que si elle te lâchait, il n'aurait pas à le faire. » Comme toujours, Lonnie était en avance d'une case.

« C'est comme ça que j'ai vu les choses, moi aussi.

— Alors pourquoi le joli jeu de jambes ?

— Peut-être qu'ils se disent que je peux régler un problème à leur place. »

Lonnie demeura un moment silencieux.

« Auquel cas, puisque Hamill t'a présenté la face officielle des choses, et t'a même assigné un officier, le MPD ne peut en aucun cas être tenu pour responsable. Soit tu t'en occupes et tu es rentré à la maison avant que quiconque s'en rende compte…

— Soit, comme disent nos amis britanniques, je me fais pincer, auquel cas Sam et le MPD démentiront jusqu'à plus soif.

— C'est net.

— Y a plus d'une manière de faire le boulot.

— Plus d'une. Bon Dieu ! Voilà ce satané biper qui s'y met. Attends une minute. »

J'entendis un bruit de voix en fond sonore, juste en deçà du seuil de l'intelligible.

« Shirley qui vient aux nouvelles, dit Lonnie quelques instants plus tard.

— T'as un biper maintenant.

— Simon a un concert avec l'orchestre demain, une espèce de performance solo. Madame voulait être sûre que j'y serais, elle m'a donné le sien. »

Simon, avec ses cheveux tondus et ses pantalons baggy, était l'aîné des deux fils. Billy, le plus jeune, bien qu'aiguillé par ses nombreux piercings, ne semblait prendre aucune direction que quiconque d'entre nous soit capable de discerner, mais c'était un ange, peut-être ce que j'ai vu qui se rapproche le plus d'un être innocent.

« Comment va June ?

— Les médecins l'ont laissée partir et elle est de retour chez nous. Tout à fait rétablie, même si, par moments, on dirait qu'elle n'est plus vraiment là, qu'elle est partie quelque part ailleurs.

— Pas étonnant, avec tout ce qu'elle vient de vivre.

— J'espère.

— Laisse-lui du temps. Don Lee ?

— Stable, à ce qu'ils n'arrêtent pas de me dire — bien qu'il n'ait toujours pas repris connaissance. Faut attendre et voir, qu'ils me disent, juste attendre et voir. »

Gladys était de retour, réclamant bruyamment que lui soit restitué le téléphone qu'il avait pris en otage. Lonnie l'ignora.

« Le flic a dit que tu voulais me parler. Qu'est-ce qui se passe ?

— C'est peut-être rien, mais tu sais, l'appel que j'ai pris concernant l'accident ?

— Oui ?

— On nous l'a signalé comme une collision, mais ce qui s'est passé, c'est que Madge Gunderson s'est évanouie au volant et qu'elle a percuté un arbre.

— Madge va bien ? » Madge avait bu plus ou moins en cachette toute sa vie. Son mari Karel était mort l'année dernière, et depuis, peut-être à cause du chagrin, peut-être parce qu'elle n'avait plus besoin de se cacher, son goût pour la boisson avait pris des proportions inquiétantes.

« Ça ira. Juste quelques égratignures. Ça avait l'air plus grave que ça ne l'est. C'est arrivé sur la State Road 419. La femme qui roulait derrière elle a tout vu, elle nous a appelés depuis son portable.

— D'accord.

— Une femme de Seattle, par là-haut, de passage. Je l'ai remerciée, naturellement j'ai pris sa déposition. Puis elle me dit : "Vous êtes le shérif ?" et quand je lui réponds : "En ce moment, oui", elle me demande si un homme nommé Turner travaille avec moi.

— Elle t'a dit ce qu'elle voulait ?

— Pas un mot. Je suis resté là à lui sourire et à attendre, elle s'est contentée de me sourire en retour.

— De quoi elle a l'air ?

— Vingt-huit, vingt-neuf ans, cheveux marron clair coupés court, un mètre soixante-quinze, soixante kilos. Agréable à regarder, comme disait mon vieux. Jean et sweat-shirt, le genre avec une capuche, des Reebok montantes noires.

— Nom ?

— J.T. Burke. Burke avec un *e*, et juste les initiales. »

Connaissais pas. Peut-être une patiente du temps où j'étais thérapeute, c'est ce que j'ai d'abord pensé.

Même s'il était douteux qu'un patient ait pu retrouver ma trace ici, ou qu'il ait eu une raison de le faire.

« Je suppose qu'elle n'a pas dit où elle allait ?

— Elle m'a servi le même sourire quand je lui ai posé la question.

— C'est tout, alors ?

— À peu près.

— Alors commence déjà par rendre son téléphone à Gladys. »

En échange de quoi je lui communiquai le nom et l'adresse de mon motel ainsi que mon numéro de téléphone, lui dis de m'appeler au cas où il aurait d'autres nouvelles de Don Lee ou si Miss Burke se manifestait à nouveau.

Chapitre 7

Impossible de dormir.

Dans la rue à deux heures du mat, à la recherche d'un restaurant ouvert. Les habitudes urbaines reviennent vite. J'avais un bouquin, il me fallait juste de la lumière, du café et peut-être un sandwich. À la Edward Hopper.

Dino's Diner, à un peu moins d'un kilomètre du centre-ville proprement dit. « Ouvert 24/24 » peint sur la vitre en lettres bleues de trente centimètres. Ainsi que « Plats du jour » et « Spécialité de petit déj » : en jaune.

« S'que j'vous sers ? demanda Jaynie, la serveuse, en me tendant un menu passablement constellé. Comme boisson. »

Du café. Sans hésitation.

Café dont on me servit une imitation potable, bien que ça prît un certain temps. Heure de pointe oblige. Devait y avoir au moins trois ou quatre autres clients.

« Deux œufs au plat, bacon, gruau de maïs, biscuit », dis-je à Jaynie lorsqu'elle revint avec mon

café. Les œufs étaient caoutchouteux — pas de surprise —, le bacon graisseux et mal cuit, le biscuit
sortait d'une boîte. Me voici en plein Sud profond
et on me sert un biscuit en boîte ? Par contre, le
gruau de maïs était sensationnel.

Le livre aussi fut une déception. Le temps de
reprendre trois fois du café et j'en avais fait le tour,
grosses marges, grosse police, les pages prenaient
autant de temps à être lues qu'à être tournées. Les
romans ont tendance à être courts, de nos jours. La
plupart d'entre eux gagneraient à l'être plus encore.
Celui-ci parlait d'un médecin, un enfant des *sixties*
et un pacifiste de longue date, qui se lance à la pour-
suite des hommes qui ont violé et tué sa femme et
qui les fait disparaître les uns après les autres.
Titre : *Chirurgie élective*.

Je sortis mon portefeuille, dépliai la feuille que
m'avait donnée Tracy Caulding. Trois adresses,
aucune qui me fût familière. Beaucoup d'allées et
de places, tendance noms d'oiseaux. Meadowlark
Drive, Oriole Circle, ce genre-là. Mais juste à ce
moment, un taxi vint se ranger dehors et le chauffeur fit son entrée. Jaynie lui infligea une tasse de
café bien qu'il n'ait rien demandé. Il était à deux
tabourets de moi. Un de ces entre-deux qu'on retrouve
partout dans le Sud, peau mate, peut-être d'origine
italienne, méditerranéenne, caribéenne, créole. Traits
fins, nez large, des yeux dorés, comme ceux d'un
chat. Il portait un pantalon de treillis tellement ami-
donné que la pliure émergeait encore du froissé, un
polo bleu marine, une veste de velours côtelé.

Je croisai son regard, demandai : « Ça va ?

— Connu mieux. Connu pire, aussi.

— Et c'est pas fini.

— Pouvez le dire. »

Il sortit un paquet de Winston, en prit une et l'alluma. Puis comme s'il venait d'y penser, il me jeta un œil, ressortit le paquet et m'en offrit une. Lorsque je déclinai, il rangea les cigarettes, tendit la main. Que je serrai.

« Danel. Comme Daniel sans le *i*.

— Turner... J'peux vous demander quelques renseignements ? »

Je fis glisser la feuille jusqu'à lui. Après quelques instants, il leva les yeux.

« Z'êtes pas du coin. »

Je plaidai coupable.

« Mais vous avez à faire ici.

— Oui.

— Eh bien, monsieur, ça c'est même pas un quartier de Memphis, c'est un autre pays. *Birdland*, comme l'appellent certains d'entre nous. Un ramassis de châteaux de sales petits Blancs, voilà ce que c'est. Un m'as-tu-vu se fait construire une grosse baraque, le m'as-tu-vu qui se pointe derrière, faut qu'y s'en fasse construire une encore plus grosse. Vu le genre d'affaires qui se font là-bas, la plupart des gens font bien de s'en tenir éloignés. Je devine que vous n'êtes pas la plupart des gens.

— Vous pouvez m'indiquer comment y aller ?

— Ouais, bien sûr, je pourrais. Ou bien... » Il engloutit son café. « Qu'est-ce que ça peut foutre, la nuit est calme, de toute façon. Je vous y emmène. »

Nous fîmes affaire, je récupérai le Chariot tandis qu'il m'attendait sur le parking du Nu-Way Motel, puis lui emboîtai la roue et le suivis jusqu'aux limites de la ville. Terrain miné. On roulait depuis bientôt une demi-heure, d'après mon estimation, le temps d'écouter six à sept classiques sur je ne sais quelle station de radio que j'avais trouvée en appuyant sur le bouton « Recherche » — Buffalo Springfield (« There's some-thing hap-pen-ing here… »), « Night Moves », de Bob Seger — lorsque Danel rangea son taxi jaune sur le bas-côté, une zone élargie pour faire des arrêts repos, des réparations ou changer un pneu crevé. Je me garai près de lui et nous descendîmes nos vitres.

« C'est là que j'm'arrête, dit-il. L'endroit que vous cherchez est juste derrière ce virage. Vous attendez pas au tapis rouge. C'est pas le genre à attendre de la visite. »

J'espérais bien que non.

« Bonne chance, mec.

— Merci de votre aide. » Je l'avais payé avant de quitter le restaurant. Ça lui faisait une bonne nuit.

« De rien. C'est probablement pas un service que j'vous ai rendu. »

Je regagnai la route, pris le virage, coupai le moteur et me laissai glisser jusqu'à une allée où logeaient une BMW noire et un pick-up Ford rouge tuné — tuyauterie chromée, zigouigoui de calligraphie depuis le pare-chocs jusqu'à la roue arrière, projecteur du côté conducteur. Puis j'en sortis en marche arrière et garai la jeep quatre cents mètres plus haut, sur une autre aire de repos.

La maison était bel et bien un château — tout droit sortie de l'imagination du Dr Seuss. Du ringard classique américain. Une fois, à El Paso, j'avais vu une chambre immense qui semblait faite de marbre, mais lorsqu'on posait la main dessus on s'apercevait que ce n'était qu'une fine couche de plastique. Voilà à quoi ça ressemblait.

Dans la pièce de devant juste à côté de l'entrée — comme je regardais au travers de ce qui semblait être une fenêtre de deux mètres cinquante —, une télé grand écran était allumée, mais aucun signe d'un quelconque spectateur. L'action semblait se concentrer dans la cuisine — j'avais à présent fait le tour de la maison — où se déroulait une partie de cartes agrémentée d'une grosse consommation de bière. Bien des bouteilles à long goulot avaient déjà rendu l'âme. Bourbon et scotch. Un type en costume de grand couturier, deux autres vêtus de leurs lointains cousins vendus en grande surface.

Tout juste extrait de son repos au fond du sac Glad et de sa serviette, le .38 Special semblait étrangement familier dans le creux de ma main.

L'un des costumes bon marché rassemblait les jetons au moment où je fis mon entrée. Imperturbable, son acolyte repoussa sa chaise, son arme à demi sortie au moment où je tirai. Il retomba sur sa chaise, qui bascula, comme si les pieds arrière avaient été montés sur des charnières. J'avais visé l'épaule, mais ça faisait un moment, et l'impact était plus près de la poitrine. Plus de sang que je ne l'aurais souhaité, mais il s'en tirerait.

Après une demi-minute de réflexion, l'autre costume bon marché leva les deux mains, prit son Glock entre l'index et le pouce et le posa sur la table, juste un autre jeton de poker.

Dean Atkinson dans son costume chic regarda son sbire avec un dégoût comique et prit une gorgée de son verre.

« Qui diable êtes-vous ? » demanda-t-il.

Bien sûr, c'est lui que j'étais censé regarder à ce moment-là — le moment que costume bon marché attendait. Il avait presque le Glock en main lorsque je tirai. Son bras tressauta, envoyant valser le Glock, puis devint mou. Il resta à observer son bras qui refusait désormais de lui obéir. Ses doigts continuaient à s'agiter, comme les pattes d'un chat qui dort et rêve de proies.

Tout était en train de revenir.

Les yeux d'Atkinson allèrent de ses soldats estropiés à moi.

« Z'êtes d'accord si j'appelle du secours pour mes gars ?

— Allez-y. »

Je restai à l'écart tandis qu'il composait le 911 sur un portable, demandait une assistance médicale, donnait son adresse, et menaçait le standardiste. Le défaut des portables, c'est qu'on ne peut pas raccrocher violemment.

« On peut parler business maintenant ?

— On n'a pas de business. »

J'abattis mon arme sur son genou, sentant la peau se déchirer et entendant quelque chose se briser. Du sang engorgea le coûteux tissu. Rien de cela n'aurait dû arriver.

« J'habite une petite ville loin d'ici, dis-je. Apparemment, pas encore assez loin. Il y a quelques jours vous y avez amené vos ordures. »

Il s'était saisi d'une serviette sur la table, la nouait autour de son genou.

« J'ai payé neuf mille à un chirurgien arrogant pour qu'il m'arrange ça y a pas six semaines. Et maintenant regardez-moi ça.

— Un homme nommé Judd Kurtz est passé. Il est pas passé assez vite et s'est retrouvé en prison. Puis quelques autres sont arrivés dans son sillage. Aucun d'entre eux n'est resté.

— Et ce qui se passe à Troudeballe-Ville devrait me concerner ? »

Je m'approchai, l'aidai à enrouler la serviette.

« J'ai besoin de savoir qui est Judd Kurtz. J'ai besoin de savoir s'il est encore en vie. Et j'ai besoin de savoir qui sont les tarés qui croyaient pouvoir se permettre de foutre le bordel chez moi.

— Ça fait beaucoup de besoins. »

Tirant avec force sur les deux extrémités, je nouai la serviette.

« J'ai passé sept ans dans une prison d'État, lui

84

dis-je. Je m'en suis pas mal sorti. Y a peu de choses qui m'arrêtent. »

Il baissa les yeux sur son genou explosé. Le sang continuait d'imprégner la serviette.

« On dirait un putain de Tampax, dit-il. J'suis dans un sale état. » Il secoua la tête. « Dans un sale état, pas vrai ?

— Ça pourrait être pire. »

Il prit une serviette en papier. Commença à passer la main sous sa veste et s'arrêta. « Je prends juste un stylo, OK ? »

J'acquiesçai, et il sortit un Montblanc jaune brillant de sa poche, écrivit, fit passer la serviette. Calligraphie classique, le genre qu'on ne voit plus de nos jours, pleine de belles boucles et de beaux déliés — piégés par la serviette absorbante qui rendit flou et étala chaque trait fin et maîtrisé.

« Ma vie n'est pas géniale, voyez-vous, me dit-il, mais j'aimerais être sûr qu'elle ne va pas s'arrêter ici. »

Je secouai la tête. Les sirènes des pompiers et de l'ambulance étaient maintenant toutes proches.

Désignant la serviette du menton, Atkinson dit : « Vous trouverez tout ce qu'il vous faut à cet endroit. »

Ce qu'il me fallait là tout de suite, c'était ressortir par-derrière. Ce que je fis.

Lorsque je l'avais repris en main la première fois, le pistolet m'avait semblé tellement familier. Le corps a sa propre mémoire. Je démarrai la voiture, tirai la ceinture et la bouclai. Passai une vitesse.

Le corps se souvient d'endroits où nous sommes allés alors même que l'esprit s'en détourne. Je relâchai l'embrayage et me mis à rouler, des câbles brûlants me parcourant à nouveau le corps, incandescents. Aveuglants.

Chapitre 8

L'uniforme de mon père était suspendu au fond d'une armoire, dans une chambre inutilisée qui donnait sur le devant de notre maison. J'étais tombé dessus un samedi après-midi pluvieux. Il sentait l'antimite — le camphre, comme je l'apprendrais ultérieurement. Je ne cessais de faire courir mes doigts le long de sa toile rigide et rêche. Papa ne parlait jamais de ses jours à l'armée, de ce qu'il y avait fait. Mon imagination d'enfant le voyait parcourir les déserts à bord de tanks Sherman ou piquer à travers des cieux emplis de mitraille, de fumée et de débris d'appareils, pilotant des avions qui ressemblaient fort à des Sopwith Camel. Bien plus tard, après sa mort, mère m'apprit qu'il était commis à l'intendance.

J'avais, je ne sais pas, peut-être douze ans à l'époque. Ce fut à peu près deux ans plus tard qu'Al fit son apparition en ville.

Il avait servi sous les drapeaux, disaient les gens, dans un endroit qui s'appelait la Corée. Avant ça, ajoutaient-ils, il avait été le meilleur violoneux du pays, mais il avait laissé tomber. Il travaillait chez le débitant de glace, attrapant les pains de vingt-cinq kilos qui descendaient la rampe avec une gigantesque paire de pinces, sans jamais cesser de regarder tout autour de lui, le ciel, les vitres brisées du vieux transformateur de l'autre côté de la rue, comme s'il n'était pas vraiment là, son corps seulement, répétant sans cesse ces mêmes gestes. Son visage arborait un demi-sourire permanent. Il louait une chambre au-dessus de la boutique, mais ne l'occupait que pour dormir. Le reste du temps, on le voyait arpenter les rues ou assis sur le banc au bout de Main Street. Il y restait à regarder les bois pendant des heures. Très peu de temps après que j'eus fait sa connaissance, le débit de glace ferma et il perdit son boulot. Ils lui permirent de conserver sa chambre, mais après ça ils rasèrent le bâtiment et il la perdit aussi. Plus tard, je rencontrerais beaucoup de gens comme Al, des gens profondément abîmés à l'intérieur, des gens que la vie avait abandonnés mais qui ne voulaient pas lâcher tout à fait.

Comment avons-nous fait connaissance ? Je suis incapable de m'en souvenir. Je me rappelle seulement que tout le monde à l'école parlait de lui, puis il y a un saut, comme sur un disque, et nous voici tous les deux jetant des pierres dans le Blue Hole, dont tout le monde dit qu'il est sans fond et contient la moitié des poissons-chats du monde, ou à traverser la pâture de Big Billy Simmons sous l'œil des vaches, ou assis sous un pommier sauvage à nous repasser une bouteille de soda.

Il ne fallut pas longtemps pour que ma famille en entende parler et me dise de ne pas le fréquenter. Lorsque je voulus savoir pourquoi, mère dit : « Il n'est pas net, fils, cette guerre l'a changé. »

Mais je continuais à le voir, presque chaque jour après l'école. C'était la première fois que je défiais ouvertement mes parents et les choses furent un peu tendues avant qu'ils laissent tomber. Bien des batailles ultérieures se déroulèrent dans un silence de pierre.

J'avais donc quatorze ans lorsque je fis la connaissance d'Al ; deux ans plus tard je m'apprêtais à partir à la fac, d'abord à La Nouvelle-Orléans puis à Chicago, loin de me douter qu'à peine quelques années plus tard, je ramperais à mon tour à travers des arbres fort similaires à ceux qu'Al avait observés chaque jour. Depuis que je le connaissais, j'avais grandi de soixante centimètres et lui avait pris vingt ans.

J'étais assis devant ma tente un jour, occupé à réparer mes bottes avec du scotch, lorsque le courrier arriva. J'en étais à ma troisième paire. Le cuir pourrissait vite sous ce climat. Les Français avaient essayé de nous le dire, mais comme d'habitude nous n'avions pas écouté. Ils avaient essayé de nous dire beaucoup de choses. Quoi qu'il en soit, il était cinq ou six heures du matin — il était quasiment impossible de dormir au-delà, avec le vacarme des oiseaux — et Bud me balança une bière, assortie de son commentaire habituel, « Petit déj des champions », tandis que je m'installais pour lire ma lettre. M'man m'avait écrit deux pages sur ce qui se passait au pays — qui venait d'épouser qui, les anciens commerces qui étaient murés, la vieille église méthodiste qui avait brûlé… Les infos d'un autre monde. Et là, à la fin, elle avait écrit : « Je suis désolée d'avoir à te le dire mais Al est mort la semaine dernière. »

J'ai attrapé une autre bière tiède et gagné la lisière des arbres, repensant à ce dernier été.

D'aussi loin qu'il m'en souvienne, il y a toujours eu un vieux violon remisé au fond d'une armoire que personne n'utilisait, rangé dans un étui craquelé en forme de cercueil. Il avait appartenu à mon grand-père, qui jouait également du banjo. Je demandai à p'pa s'il pouvait me le donner, et après m'avoir regardé bizarrement, vu que je n'avais manifesté que peu d'intérêt pour la musique jusqu'à ce jour, il haussa les épaules et dit qu'il n'y voyait pas d'inconvénient. C'était vers la fin de sa vie, après la fermeture de la scierie, à l'époque où il passait le plus clair de son temps assis à la table de la cuisine.

J'entourai l'étui de bandes de caoutchouc afin qu'il reste fermé et l'amenai à monsieur Cohen, le chef de l'orchestre de l'école, qui jouait du violon à l'église certains dimanches. D'après lui, ça ressemblait à un violon allemand datant du début du XIXe siècle, me dit-il. Il en changea les cordes, réussit à en régler le vieux chevalet, et me donna l'un de ses archets. Pas un archet standard, un trois-quarts, me dit-il, mais il ferait l'affaire.

Cet après-midi-là, je m'approchai d'Al, le violon caché derrière mon dos.

Il me jeta un œil soupçonneux.

« Qu'est-ce tu planques là, garçon ? »

Je posai l'étui sur le banc et l'ouvris. À ce jour, je ne sais toujours pas qualifier l'expression que prit son visage. Je crois que c'est peut-être l'une de ces choses pour lesquelles il n'existe pas de mots.

« C'est pour toi », lui dis-je.

Ses yeux se fixèrent aux miens un long moment. Il sortit l'archet de son logement. Les mains d'Al tremblaient en permanence, mais lorsqu'il toucha l'archet les tremblements cessèrent. Il soupesa l'archet d'une main, en tâta la longueur, il serra le crin et le fit rebondir contre la paume de sa main, le resserra encore un peu.

Puis il tendit la main gauche vers le violon.

« Il est accordé », dis-je.

Il hocha la tête, coinça le violon sous son menton et resta un moment comme ça, les yeux fermés.

Je n'ai aucun souvenir de ce qu'il a joué. Quelque chose que j'avais déjà entendu, de mon père ou de mon grand-père, un vieil air pour violon, peut-être « Sally Goodin » ou « Blackberry Blossom ». Après ça, il a essayé une valse.

Il décoinça l'instrument de sous son menton et le laissa reposer contre sa jambe, regardant dans le vide, un demi-sourire aux lèvres.

« C'est juste un vieil instrument bon marché, dis-je.

— Non. Le violon est très bien », dit-il. Il le remit dans son étui, rangea l'archet, et referma soigneusement les attaches. Ses mains s'étaient remises à trembler. « Il y a de la musique là-dedans. C'est en moi qu'il n'y en a plus. »

Nous restâmes assis un moment, dans le bruit des voitures et des camions derrière nous, le regard perdu dans les arbres. Au coucher du soleil, alors que je m'apprêtais à rentrer chez moi, il dit : « J'ai l'impression qu'on va plus beaucoup se voir pendant un temps. »

J'approuvai, trop désespérément jeune — ce qui allait changer très vite — pour comprendre les adieux.

Après un temps, il ajouta : « J'apprécie ce que tu as fait, mon gars. »

Je ramassai l'étui. J'avais mis une couche de peinture neuve, noir brillant. À la lumière déclinante, on eût dit une flaque d'encre, une mare d'obscurité. « Sûr que tu n'en veux pas ? »

Il secoua la tête. « Je parlais pas du violon, mais ça aussi j'apprécie. » Il tendit la main et dit : « J'aimerais te donner quelque chose. Je l'ai eu à l'étranger, outre-mer comme on dit, et je m'en suis jamais séparé depuis. J'voudrais que tu l'emmènes avec toi. Comme porte-bonheur. »

Un minuscule chat taillé dans du bois de santal.

Chapitre 9

L'aube battait sa fière coulpe rose quand le Chariot et moi nous nous immobilisâmes. Nouvelles du monde à la radio, quelques pubs pour des concessionnaires de voitures, et soudain, voici que *Jeremy était une grenouille-taureau, que la joie habite le monde*[1].

Une autre demeure sur la colline. Deux voitures, Mercedes, Lincoln, dans un garage remarquablement préservé du foutoir. Devant, un ancestral saule pleureur comme une mauvaise coupe de cheveux des années soixante, s'échappant de l'intérieur, une odeur de café. Un homme âgé, vêtu d'un peignoir-éponge, attablé juste derrière les portes vitrées du patio. Verre à vin empli de jus d'orange posé devant lui, peut-être un mimosa. Panier de pain, bol de fruits. Un assortiment de tapis tissés recouvre ce qui semble être des carreaux de Saltillo immaculés.

1. Référence à la chanson « Joy to the World », de Hoyt Wayne Axton.

Meubles mexicains dans la pièce adjacente. Derrière moi, les arrosoirs automatiques se déclenchèrent tandis que je scrutais l'intérieur.

Je fouinai partout, trouvai à l'office une fenêtre susceptible d'être fracturée et en profitai. Je restai à écouter, puis entrebâillai la porte et écoutai encore avant de la franchir. Aucun bruit de pas, ni de mouvement d'aucune sorte. Du jazz édulcoré en provenance d'une radio dans la pièce près du patio.

Il était en train d'arracher la pointe d'un croissant lorsque je m'approchai de lui par-derrière et posai mes pouces sur son cou.

« Si on compresse la carotide, dis-je, le cerveau n'est plus irrigué. » Je lui dis ce que je voulais savoir. « Nous parlerons lorsque vous serez revenu à vous », ajoutai-je, augmentant la pression tandis que ses mains retombaient sur ses genoux et que les deux autres se glissaient dans la pièce. L'un me faisait face, l'autre, celui qui comptait, était dans mon dos. D'où ils sortaient, je n'en avais aucune idée. J'aurais juré qu'il était seul.

Je lus le regard de celui qui me faisait face, réussis à me tourner à demi avant que celui de derrière m'atteigne et je rejoignis le vieil homme dans l'obscurité.

Je m'éveillai, un visage de femme au-dessus de moi. Le gars qui s'était tenu derrière moi était un homme, aucun doute là-dessus. Il ne faisait guère de doute non plus que j'étais allongé par terre. Je tournai ma tête vers la droite et vis des pieds roses et gonflés qui s'élevaient jusqu'à des jambes nues surmontées d'un ourlet de peignoir-éponge qui, dans l'état de confusion dans lequel je me trouvais, me fit penser aux jabots élisabéthains. Je la tournai vers la gauche et vis un corps qui tentait désespérément de se traîner hors de portée, même si s'était déjà abattu sur lui tout ce qu'il semblait redouter.

« Vous allez bien », dit la femme au-dessus de moi. Ce n'était pas une question. Des cheveux sombres, coupés court et coiffés en arrière. Des yeux marron traversés de reflets verts. Elle semblait en être plutôt convaincue. Il allait falloir que je la croie sur parole.

« Monsieur Aleché accepte de rappeler ses chiens. Pas vrai, monsieur Aleché ? »

De très loin au-dessus du peignoir et de la table, descendu des cieux, vint un « Oui ».

« Un des chiens semble être malade, dis-je, jetant un nouveau coup d'œil sur la gauche.

— L'autre n'est pas très en forme non plus.

— Quelle tristesse ! »

Son visage s'éclaira d'un sourire. Jusqu'à ce jour, j'avais toujours cru que ce n'était qu'une figure de style.

« Et au cas où vous vous le demanderiez, monsieur Aleché dit que ce sont les deux hommes que vous cherchez. Il semble penser que je suis au courant de ce qui se passe et que je vous suis en quelque sorte associée dans cette entreprise. »

Elle étendit un bras à un angle de quatre-vingt-dix degrés, m'invita à m'y agripper et à rejoindre ainsi une position assise. J'attrapai sa main et, me cramponnant lourdement à ses robustes avant-bras et biceps, me redressai.

« Monsieur Aleché a également été assez aimable de convenir qu'en guise de réparation, il prendra à sa charge tous les frais médicaux de vos collègues. Et il espère que vous voudrez bien accepter ses excuses en ce qui concerne l'enthousiasme déplacé de ses employés. »

C'est fini, alors, auraient pensé la plupart des gens. Mais, tandis qu'elle m'aidait à me mettre debout, je vis qu'elle n'était pas dupe. Je le vis clairement : sa façon de se tenir, les pieds fermement plantés au sol, le centre de gravité bas, les yeux qui absorbaient tout même s'ils n'en laissaient rien paraître.

« Vous êtes flic.

— Ça se voit tant que ça, hein ? » De nouveau, le sourire. « Je suis aussi ta fille. » Elle me tendit la main. « J.T. Burke. »

Sam Hamill nous gratifia de nombreuses onomatopées et bruits de bouche à notre retour au commissariat, des propos qui soulignaient que je les avais entraînés, lui et le MPD, dans un beau merdier, une fois de plus, qu'on ne devait pas tendre les bâtons pour se faire battre, et qu'il vaudrait mieux que j'aie quitté la ville avant le coucher du soleil.

« Aucun signe de Judd Kurtz, hein ? » demanda Tracy Caulding. Elle était restée à endurer son propre sermon une fois que Sam Hamill en avait eu fini avec moi, puis m'avait suivi jusqu'au parking.

« Peu probable qu'il y en ait. J'espère que ça ne s'est pas trop mal passé pour vous là-dedans.

— À peu près comme on pouvait s'y attendre. Qu'est-ce que j'avais donc dans la tête et il vaudrait mieux qu'il n'y ait pas de conséquences. Et puis il a dit : "Si t'as besoin d'un coup de main, si jamais ça devait refaire surface, si qui que ce soit essaie de te faire des misères, tu viens m'en parler, tu m'entends ?"

— Je suppose qu'il n'a pas ajouté à quel point il serait heureux de me voir reprendre le collier ?

— Je crois pas qu'il ait mentionné ça. Faites attention à vous, Turner. »

Nous restituâmes la Buick de location de J.T. à une agence à Lamar, prîmes des cafés à emporter dans un resto grec voisin. Les gobelets étaient en forme de fez Shriner, et inexplicablement décorés de lapins. Pas des petits lapins mignons mais des spécimens gigantesques aux cuisses de kangourou.

« De toute évidence, ils pensent le plus grand bien de toi au commissariat, dit J.T. tandis que nous reprenions notre place dans le trafic.

— Je suis une légende ici, sur la frontière.

— Ça doit être sympa. » Elle regarda silencieusement par la fenêtre. « Tout finit par se ressembler au bout d'un moment, pas vrai ? Les mêmes rues, les mêmes victimes, les mêmes invraisemblables histoires et excuses. »

Nous dépassâmes une voiture au capot relevé, le

conducteur penché sur le moteur. Alors que nous arrivions à sa hauteur, il souleva son ventre par-dessus le rebord et s'enfonça plus profondément. On aurait dit que la voiture l'avalait tout cru.

« Si c'est ça que tu cherches, des excuses, je n'en ai pas à te fournir.

— Tant mieux. J'en ai eu mon compte. Et je ne cherche rien — enfin je te cherchais toi. Mais je t'ai trouvé, n'est-ce pas ? Donc, je ne cherche plus.

— Et comment tu t'y es prise, exactement ? Pour me trouver ?

— J'ai parlé à quelques personnes en ville, j'ai appris pour la cabane, et j'y suis allé. Il y avait une femme assise sur la véranda.

— Val.

— J'avais pensé juste jeter un coup d'œil, et peut-être attendre que tu réapparaisses. Mais je me suis présentée, je lui ai dit qui j'étais, et on a commencé à causer. Elle m'a raconté ce qui s'était passé, et que tu étais ici. J'allais tourner dans le parking du motel quand j'ai vu la jeep en sortir.

— Alors tu m'as suivi. En restant bien en retrait, apparemment. »

Elle haussa les épaules. « Les vieilles habitudes. Vérifier les sorties possibles avant d'entrer, tenter de comprendre de quoi il retourne avant d'intervenir. Tout ça.

— Démarche de flic.

— Tu sais comment c'est. Ça finit par devenir une habitude. »

Plus tard, après un dernier arrêt en ville, désormais loin derrière nous, alors que nous approchions d'une longue rangée de taudis en papier goudronné encadrée d'une station-service et d'une église dont la peinture blanche avait depuis longtemps disparu, nous reprendrions la conversation. J.T. tourna la tête pour lire le panneau qui annonçait que nous entrions dans la ville de Sweetwater.

« C'est donc ça, le Sud.

— Une partie, du moins. Déçue ?

— Pas vraiment, j'essaie juste de me faire une idée. La déception implique qu'il y ait eu une attente. Comme ces gens qui ont toujours en tête un scénario sur comment la vie devrait être.

— Ce qui n'est pas ton cas ?

— La plupart du temps, non.

— Tu prends juste les choses comme elles viennent.

— J'essaye. » Après un temps, elle ajouta : « Ça semble avoir marché pour toi. »

Nous dépassâmes Sweetwater, traversâmes Magnolia et Ricetown, et des kilomètres et des kilomètres de champs de coton et de soja ; des colonnes de poussière s'élevaient sur l'horizon, là où pick-up et machines agricoles arpentaient la terre.

« Comment va ta mère ?

— En parlant d'attente… » Elle rit. « Quelque part au Mexique, aux dernières nouvelles. Une de ces enclaves pour artistes gringos. Ça c'était il y a un peu plus d'un an.

— Elle est artiste maintenant ?

— Je crois qu'elle s'est proposée pour le poste

de *Grande Dame*[1]. Je suis sûre qu'il leur en fallait une, même s'ils ne le savaient pas. Non, en fait elle s'est bien calmée.

— Ça arrive à certains d'entre nous. Les autres finissent simplement par s'épuiser... Et ton frère ? »

Un combi Volkswagen vert pomme, antique et déglingué, avec des rideaux en dentelle aux fenêtres, nous précédait. J.T. montra du doigt l'autocollant sur le pare-chocs et dit : « En gros, c'est ça. »

DIEU ÉTAIT MON COPILOTE
MAIS ON S'EST ÉCRASÉS
DANS LES MONTAGNES
ET J'AI DÛ LE MANGER

Comme je la regardais, elle dit : « Tu n'es pas au courant, n'est-ce pas ? »

Je secouai la tête.

« Don est mort l'année dernière. Il s'est amusé un peu plus qu'il n'aurait dû, un samedi soir. Il est allé un petit peu trop loin et il s'est envolé pour toujours sur son tapis volant en crack. » Ses yeux rencontrèrent les miens. « Je suis désolée. Je ne voulais pas me montrer brutale. Ni cruelle.

— Ça va. »

Les problèmes s'étaient penchés sur le berceau de Don dès le jour de sa naissance. Même en ce temps-là, son expression était tendue et soucieuse, comme si, déjà, il savait que de mauvaises choses

1. En français dans le texte.

l'attendaient et qu'il lui faudrait être constamment sur ses gardes — même si au final, ça ne changerait pas grand-chose. Tout était une épreuve, même les gestes les plus simples de la vie de tous les jours, se lever, s'habiller, sortir de l'appartement, faire des courses, une suite d'Everest quasi infranchissables. Quand tout allait bien, il arrivait à peu près à suivre. Mais tout n'allait pas souvent bien, ni pour très longtemps. Choisir un paquet de céréales le paralysait. Au téléphone, du temps où il appelait encore, il parlait des heures durant de tous ces projets qu'il avait, mais ne réussissait jamais à accomplir le premier demi-pas vers aucun d'entre eux.

« Je croyais que tu savais. Désolée.

— C'est pas grave. Pas comme si on ne le voyait pas venir gros comme une maison. Le plus étonnant, c'est qu'il ait tenu aussi longtemps. Vous étiez proches ?

— Ça n'a pas duré très longtemps. Je passais le voir dans ses différents squats, vérifier qu'il allait bien, qu'il avait de quoi manger, qu'il prenait soin de lui.

— Mais on ne peut pas…

— Non, dit-elle, on ne peut pas. Comme tu dis, on s'épuise. Ou on s'use. »

Chapitre 10

« Je m'excuse, je ne me souviens pas de vous.
Je devrais ? » Ses yeux s'égaraient dans la pièce.
Les surveillants m'avaient dit qu'il était désormais
presque complètement aveugle. Lorsque je parlais,
son regard se posait momentanément sur moi. Puis
il repartait à la dérive.

À cause de sa cécité, Lou Winter avait été tenu à
l'écart du reste de la population carcérale. Mais ils
étaient arrivés jusqu'à lui une fois ou deux, comme
en témoignait la cicatrice en forme d'aile qui lui
fendait le côté du visage. Des détenus absolument
dépourvus de conscience, des gens qui trancheraient
une gorge pour une supposée insulte et qui assassi-
neraient une grand-mère pour le prix d'un ticket de
bus sont capables d'entrer dans une grande frénésie
morale dès qu'il s'agit d'un tueur d'enfants.

Je lui dis qui j'étais.

« Désolé, j'ai bien peur de ne pas me rappeler
grand-chose ces temps-ci. »

Les surveillants m'avaient également informé qu'il

avait subi une série de petites attaques cérébrales durant ces années. « Tout le monde me dit que ce n'est peut-être pas plus mal. Je ne sais pas pourquoi. Mais merci d'être venu. »

Après un temps il ajouta : « Y a-t-il quelque chose que je puisse faire pour vous ?

— Je suis juste passé dire bonjour. »

Pendant un moment, je pus sentir l'effort, la force de volonté. Si seulement il pouvait mettre le doigt dessus, s'il arrivait à se concentrer suffisamment… Mais ses yeux reprirent leur mouvement, les rideaux demeurèrent clos, la pièce était finie.

« Je vous ai apporté ceci. »

Il étendit les mains et grâce au bruit trouva la boîte que je poussais à travers la table.

« Ce n'est pas grand-chose. Quelques bonbons à la menthe et des Circus Peanuts que les surveillants m'ont dit que vous aimiez, des affaires de toilette, d'autres petites bricoles. »

Mais il avait trouvé le totem, le minuscule chat taillé dans le bois de santal qu'Al m'avait donné des années auparavant, et il ne m'écoutait plus. Il le leva jusqu'à son visage, le renifla, le frotta contre sa joue là où courait la cicatrice. Je lui dis ce que c'était. Qu'un ami me l'avait donné.

« Et maintenant vous me le donnez à moi ? »

J'approuvai de la tête, puis dis oui.

« Merci. » Il passa le totem d'une main dans l'autre. « Nous étions amis, alors ? Nous le sommes, je veux dire ?

— Pas vraiment. Mais on se connaît depuis long-temps.

— Je suis désolé… Tellement désolé de ne pas me souvenir. »

Il leva le totem. « Il est magnifique, n'est-ce pas ? Petit et magnifique. Je le sens.

— Avez-vous besoin de quelque chose, Lou ? Est-ce qu'il y a quoi que ce soit que je puisse faire pour vous ?

— C'est gentil, fiston. Mais non. » À cet instant, j'aurais juré qu'il me regardait, qu'il me voyait. Puis ses yeux s'éloignèrent. Il referma le poing sur le chat en bois de santal. « Je suis plutôt bien ins-tallé ici. » Il hocha la tête. « Oui, m'sieur. Plutôt bien installé. »

J.T. ne posa aucune question lorsque je remontai dans la voiture. Mais pour une raison qui m'échappa, tandis que nous quittions Memphis, je me mis à lui parler de Lou Winter, de mes premiers mois dans la police, à quel point ça avait été dur de franchir ces grilles et ces portes de prison. Nous restâmes assis silencieusement un moment jusqu'à ce que, regar-dant par la vitre le panneau qui nous souhaitait la bienvenue à Sweetwater et les taudis de toile gou-dronnée au-delà, elle avait dit : « C'est donc ça, le Sud. »

Un peu plus loin, je lui montrai l'église de l'Arche, un monument local. À une époque, ce n'était qu'une église baptiste parmi tant d'autres, mais en 1921, au cours d'une inondation majeure qui avait rasé la plus grande partie de la région, le bâtiment avait miraculeusement largué ses amarres et s'était mis à flotter, le pasteur et sa famille recueillant à son bord les survivants cramponnés aux arbres et aux toitures. On lui redonna un autre nom peu de temps après.

Chapitre 11

Elle avait grandi partout où les menait sa mère, dans sa quête sans fin d'un meilleur travail, d'une meilleure maison, d'un meilleur climat, de meilleures écoles, d'un meilleur endroit où vivre. Elle prit le nom de son premier beau-père, puis refusa résolument d'en changer quand d'autres lui succédèrent. D'où Burke. Juste après ses vingt et un ans, elle commença à se faire appeler J.T. Elle ne s'était jamais sentie l'âme d'une Sandra, dit-elle. Cela ne signifiait rien, « juste tes initiales ».

Elle avait eu son bac à dix-sept ans, fait deux ans de préparation au droit à Iowa City, où le Beau-Père du Mois, un professeur de religion, était venu s'installer pour y étudier les Amish, puis lorsque ce ménage se désintégra (ainsi que, peu de temps plus tard, leur mariage — « dans un routier alors qu'ils se rendaient dans leur nouveau foyer, c'est comme ça que je l'ai toujours imaginé, lui se cramponnant à sa Bible tandis que maman se faisait prendre en stop par un camionneur »), elle resta en arrière, squatta chez des amis et fréquenta des bars étudiants. « J'ai fait toutes les expériences fondamentales de la jeunesse en un temps record, dit-elle, deux ou trois mois et c'était fait. Jamais été douée pour la causette, les soirées, les hobbies, ce genre de choses. »

Un week-end, elle était montée à Chicago avec une amie et était restée là-bas lorsque l'amie était repartie. Elle avait travaillé comme gardienne de prison, ce qui l'avait menée à être auxiliaire de justice et avait débouché sur un court passage comme officier fédéral. À présent, elle travaillait à Seattle, détective de première catégorie. Dès le premier jour, elle avait su qu'elle avait trouvé son bonheur, elle était rentrée chez elle tout épanouie.

Puis était venu le deuxième jour.

Un garçon de seize ans, rentrant un soir tard chez lui, avait tranquillement assassiné toute sa famille. Il avait noyé sa sœur en bas âge dans l'évier de la cuisine pour qu'elle n'ait pas à être témoin de tout le reste, puis il avait étouffé son jeune frère de six ans, avec qui il partageait sa chambre, à l'aide d'un oreiller Spiderman. Il avait récupéré le vieux pistolet d'ordonnance de son père dans une boîte dans le garage, l'avait chargé avec les trois balles qu'il avait achetées pendant la récréation (le hasard avait voulu qu'elles soient du bon calibre) et avait abattu ses deux parents dans leur lit. Avant de se suicider, il s'était assis à leur chevet et avait calligraphié soigneusement, en majuscules vaguement gothiques, un mot, juste un mot : ASSEZ.

Mais ça ne l'était pas, et le garçon survécut. Il s'appelait Brian. La balle avait traversé son palais, détruisant toutes les fonctions mentales supérieures mais laissant le tronc cérébral intact. Il respirait encore, après toutes ces années. Et son cœur continuait de battre. Et on ne pouvait qu'espérer que son esprit se soit vraiment volatilisé, espérer qu'il n'était pas prisonnier quelque part à l'intérieur, condamné à revivre tout cela encore et encore.

J.T. et son coéquipier, qui avait à peu près deux semaines d'expérience de plus qu'elle, avaient été les premiers sur les lieux. « Rien ne peut te préparer à voir des choses pareilles, me dit-elle. Ou à ce qui se passe ensuite. Ça te rentre dans la tête comme une espèce de parasite et ça refuse d'en sortir, ça continue à te mordre, à se nourrir de toi. »

Elle resta silencieuse un moment.

« Mon coéquipier quitta la police peu de temps après, dit-elle. Pourquoi suis-je restée ? Pourquoi reste-t-on ? »

Alors je lui racontai quelques-unes de mes histoires.

Chapitre 12

La pire chose que j'aie vue ?

Pas un truc que j'aurais ramené de la jungle, à l'autre bout de la planète. Ni un cadavre de dix jours durant un long été torride, ni un homme noir pendu à un réverbère dans un quartier chaud du Nouveau Sud. Pas davantage un doux et vieil aveugle attendant d'être sanglé sur une table au nom de la justice, et l'injection de poisons qui arrêteront son cœur et ses poumons.

Je reçus l'appel un vendredi soir, il y a à peu près un an, vers vingt-trois heures. Nous avions eu trois ou quatre jours tranquilles, exactement comme nous les aimions. Accident de la circulation sur l'autoroute, les officiers de la route m'y retrouveraient. J'inscrivis le code et ma destination sur le tableau en sortant.

Quatre ados étaient partis faire une virée en Buick. Doug Glazer, le fils du principal du lycée ; sa petite amie Jennie ; le mauvais garçon du coin, Dan Taylor ; et Patricia Pope aux multiples piercings. Ils revenaient d'un match de foot du lycée et avaient vu la Buick, clés au contact, moteur en marche. Pourquoi pas... Quelques tours en ville, puis direction l'autoroute où ils s'étaient encastrés sous un semi à plus de cent trente à l'heure. « J'les ai vus venir, dit le chauffeur, j'ai pas pu m'écarter assez vite de leur trajectoire... j'ai pas pu m'écarter... pas assez vite. »

Le plus gros de ce qui restait de la tête de Jennie était sur le tableau de bord, la bouche encore souriante, le rouge à lèvres brillant. Dan Taylor et Pat Pope n'étaient plus qu'un amas sanglant de chairs et de membres, dont émergeait une oreille sertie d'argent, qui reflétait le gyrophare de la voiture de patrouille. Glazer, le conducteur, avait été éjecté, il ne portait aucune marque. Il semblait tout à fait paisible.

Nous ne savons jamais, n'est-ce pas ? Le marteau est suspendu au-dessus de nous tandis que nous vaquons à nos petites affaires, les factures à payer, l'évier à nettoyer, les nouvelles cordes pour le banjo, négligeant une fois de plus de dire à ceux qui nous sont proches à quel point nous les aimons.

Les officiers de la police de la route étaient sur place avant moi. Le plus jeune d'entre eux vomissait sur le bas-côté. Le plus vieux vint causer avec moi.

« Vous devez être le shérif.

— Adjoint. » Nous nous présentâmes, nous serrâmes la main.

« Rien qu'une bande de gamins. Ça n'a aucun

sens… Yo, Roy ! T'as bientôt fini ? » Puis, à moi :
« C'est sa première semaine, au gamin. »

Puisque ça s'était passé sur l'autoroute, ils se
chargeraient de la paperasse. À moi de prévenir les
familles.

« Ça va être une dure et longue nuit, dit l'officier
Stanton.

— On dirait bien.

— C'est à vous ? » dit-il, désignant d'un hoche-
ment de tête le camion de pompiers qui venait de se
ranger. De l'intérieur, Benny nous adressa un signe.
Notre service incendie était uniquement composé
de volontaires. Dans la vraie vie, Benny travaillait
au magasin de pièces automobiles juste à côté de
l'hôtel de ville. Il avait suivi une formation de
secouriste à la capitale.

« Exact. »

Dégager tout ça nous prit plus de deux heures. Il
était presque trois heures du matin lorsque je frappai à la porte de Glazer, le principal. J'y passai un
peu moins d'une demi-heure, puis je me rendis chez
les parents de Jennie, chez le père de Dan Taylor,
chez la mère de Pat Pope.

Sheila Pope vivait dans un parc de caravanes
en dehors de la ville. Elle vint ouvrir la porte-
moustiquaire en robe chenille élimée, coiffée d'un
de ces bonnets en filet qu'on met pour dormir. Il
était rose. Lorsque je lui fis mon annonce, il n'y eut
aucune réponse, aucune réaction.

« Vous comprenez, n'est-ce pas, madame Pope ?
Patricia est morte.

— Eh bien… Elle n'a jamais été une bonne fille, vous savez. Je crois qu'elle me manquera, quand même. »

Cette nuit-là, je revins au bureau peu de temps avant que Don Lee prenne son service de jour. Je fis du café, le mis au courant pour le carambolage, et décidai de rentrer. Dans le rétro, je vis June se garer sur la place que je venais de libérer.

Des volutes de brume paresseuses flottaient sur l'eau tandis que j'approchais de la cabane. Une des chaises en sisal sur la véranda venait finalement de s'écrouler. Je soupçonnais l'opossum assis juste à côté d'y être pour quelque chose. Peut-être qu'en qualité d'officier assermenté j'aurais dû lui examiner les dents, à la recherche de bouts de ficelle. J'entrai, versai du lait dans un bol et le posai sur la véranda.

Elle n'a jamais été une bonne fille, vous savez. Je crois qu'elle me manquera, quand même.

Voilà à quoi se résume une vie.

Bien des années auparavant, lorsque j'avais encore la prétention de croire que je pouvais être d'une quelconque aide, j'avais eu pour patiente une jeune femme qui s'était fait violer et sévèrement tabasser alors qu'elle faisait son jogging. C'était arrivé près d'un réservoir. Chaque fois qu'elle buvait un verre d'eau, disait-elle, c'était là. De l'agression, elle n'avait aucun souvenir. Ce dont elle se souvenait juste, c'était des urgences juste après, et des aides-soignants au-dessus d'elle qui parlaient de lésions cérébrales et disaient : « Elle ne récupérera pas entièrement. » Je l'aidais à se lever à la fin de chaque séance. Un jeune homme aux manières impeccables, son fiancé Terry, était toujours là à l'attendre dans la pièce attenante.

Agité, je me tournai comme sur une broche, sentis une ombre tomber sur moi et rouvris les yeux pour voir l'opossum au bord de la fenêtre. Les opossums sont sauvages, pas du tout des animaux de compagnie. Mais celui-ci voulait entrer. J'ouvris la fenêtre. Il entra, se fraya un chemin dans le lit, finit par s'endormir à mes côtés. Peu de temps après, je m'endormis moi aussi.

Je crois qu'elle me manquera, quand même.

Chapitre 13

À l'extérieur, distant de seulement quelques centimètres, un visage se colla à la vitre. Quelques instants plus tard, il planait au-dessus de notre table.

« Officier Rob Olson, annonça-t-il sans préambule. On s'est parlé tout à l'heure.

— Exact.

— Ça vous va si je vous repasse les rênes ? Le shérif en a fait plus qu'il n'aurait dû, je tiens pas à le biper pour ça. Lorsque j'ai signé, je m'attendais vraiment pas à faire autant d'heures. Maintenant ma femme menace de faire changer les serrures. »

L'officier de la route Olson fit glisser un objet jusqu'à moi, sur la table.

« Qu'est-ce que c'est que ça ?

— Le biper.

— On a un biper maintenant ?

— Toi, tu en as un, en tout cas, dit J.T.

— Faites-en bon usage », dit l'officier Olson.

Nous étions déjà installés au Jay's Diner devant des assiettes d'œufs brouillés, de tomates grillées et de toasts, sans oublier le petit rack contenant les bouteilles de vinaigre et d'huile, le ketchup, la sauce steak et la sauce au poivre. Ni l'un ni l'autre n'étions d'humeur à dîner.

« Encore du café ? » demanda Thelma. Pour autant que je puisse en juger, elle était là chaque fois que le Jay's Diner était ouvert. Difficile d'imaginer à quoi pouvait ressembler le reste de son existence. Ce qui était étrange, vu tout ce que je savais sur tant d'autres vies par ici.

Acquiescements des deux côtés de la table.

« Donc, tu es en vacances.

— Uniquement parce qu'ils m'ont forcée à en prendre.

— Et n'ayant rien de mieux à faire, tu t'es dit : tiens, je vais pister le vieux.

— Comme je le disais, j'ai jamais été attirée par les passe-temps ordinaires. Ça fait déjà un moment que je pense à te rendre visite. J'étais pas sûre de ta réaction. »

Moi non plus.

« T'as personne là-haut ?

— Tu veux dire, un mec ?

— N'importe qui.

— Pas vraiment. Quelques amis, la plupart du boulot. » Elle jeta un œil à un nouvel arrivant, ses yeux le suivirent de la porte jusqu'à ce qu'il prenne place. Pas du coin, ça se voyait à sa manière de parler, de bouger. Elle le vit également. « Je suis bonne dans mon boulot, très bonne. Je me consacre presque exclusivement à mon travail. Jusqu'à récemment, ça semblait suffire.

— Et plus maintenant ?

— Je ne sais pas. Et par-dessus tout, je déteste ne pas savoir.

— Peut-être que tu as juste hérité un peu de l'instabilité de ta mère.

— Ou de la tienne. »

Rentrer couver au bercail, comme ils disent par ici. Dieu seul sait quels autres poulets prodigues avaient pu pointer leurs becs, pour J.T. et son frère Donald.

Je reposai ma tasse et balayai d'un revers de la main la proposition que Thelma m'avait faite, via son haussement de sourcils, de me la remplir à nouveau.

« Je dois te remercier pour ce qui s'est passé là-bas, J.T. Mais je dois aussi te demander ce que tu fais ici. »

Elle dégageait cette curieuse énergie, cette sensation d'intensité contenue dans tout ce qu'elle faisait. On la voyait à ce moment précis dans ses yeux, à la manière qu'elle avait de se pencher sur la table.

« Je voulais rencontrer mon père, dit-elle. C'est vraiment aussi simple que ça.

— Admettons. Combien de vacances te reste-t-il ?

— J'en suis toujours à la première semaine.

— Des projets ? »

Elle tartina son dernier toast de sauce au poivre et le fit disparaître. Un bon coup de fourchette.

« À vrai dire, j'ai commencé à me dire que je pourrais traîner un peu dans le coin. Avec toi. Si tu n'y vois pas d'inconvénient.

— Je crois que ça pourrait me plaire.

— Entendu, alors. » De sa fourchette, elle harponna la dernière tomate qui traînait dans mon assiette.

J.T. était à moitié endormie tandis que nous roulions jusqu'à la cabane. Lorsque nous arrivâmes au lac, elle ouvrit les yeux et observa la lumière qui se reflétait sur l'eau. « C'est comme si la lune était descendue vivre avec nous. » En dépit de ses protestations, je l'installai, en insistant pour qu'elle prenne la chambre, et au son de sa respiration régulière, appelai Val. Au début, je n'avais pas de téléphone, n'en avais pas voulu. Mais travailler avec Don Lee l'avait plus ou moins rendu indispensable. Désormais, donc, j'en avais un. Et j'avais un animal de compagnie, Miss Emily, l'opossum, son sexe ne faisant plus de doute depuis qu'elle avait récemment mis bas une portée de quatre minuscules Miss Emily qui vivaient dans une boîte à chaussures près du poêle de la cuisine.

Et j'avais une fille.

« Désolé d'appeler si tard », dis-je lorsque Val décrocha. « Keep on the Sunny Side » de la Carter Family en toile de fond.

« Les seules excuses que tu pourrais me devoir seraient de ne pas avoir appelé. Comment ça s'est passé là-haut ? »

Je lui racontai tout.

« Ouah ! Tu te l'es vraiment joué cow-boy.

— Ça vous pose un problème, conseiller ?

— Du moment qu'aucun mandat ne t'a suivi jusque chez toi. J'espère que tu ne m'en veux pas d'avoir dit à J.T. où tu étais. Elle est avec toi ?

— Elle dort. »

Des bribes de « The Ballad of Emilia Hart » me parvenaient. *There's a beautiful, beautiful field, far away in a land that is fair.*

« Alors, tout d'un coup, tu as une famille. Tout comme Miss Emily.

— En quelque sorte.

— Comment va le boulot ?

— Voyons voir. Hier, le juge a renvoyé chez elle une pré-adolescente dont la sœur aînée, qui a quitté le foyer depuis huit ans, a fait une déposition accusant son père d'abus sexuels répétés. Bobby Boyd, un incendiaire de quatorze ans, vient d'être envoyé au centre pour délinquants juvéniles de l'État, où il sera l'événement du mois et où il apprendra tout un tas de nouvelles techniques de survie.

— Les affaires continuent.

— Toujours.

— Tu restes pourtant fidèle au poste.

— Jamais de temps morts. Mais on a parfois un peu de répit. »

J'écoutai la respiration de Val au bout de la ligne. De la cuisine me parvint un couinement aigu. Un des petits écrasés par Miss Emily ? Ou Miss Emily elle-même, mordue un peu trop brutalement durant la tétée ?

« Quand vais-je te voir ? demanda Val.

— Qu'as-tu de prévu demain ?

— Demain c'est mercredi, toujours une journée chargée. Trois, peut-être quatre sessions au tribunal, je dois aussi voir quelques officiers de la route dans leurs quartiers au sujet d'affaires en cours.

— Aucune chance que tu puisses t'échapper pour venir dîner ici ?

— Ce serait tard.

— Nous pourrions nous retrouver quelque part… Ce serait mieux ?

— *Nous*, hein ? Voilà qui me plaît. Non, je me débrouillerai. Attendez-moi vers sept heures, dans ces eaux-là. »

Un moment passa.

« J'ai beau me creuser la tête, dis-je, je ne me souviens pas qu'il y ait jamais eu du banjo sur les enregistrements de la Carter Family.

— Tu m'as démasquée. Je t'ai mis sur haut-parleur…

— Ceci expliquant cette magnifique réverbe des années cinquante.

— … et je joue avec Sara, Maybelle et A.P. Certains jours, c'est la seule chose qui réussisse à me détendre. De revenir à des jours plus simples.

— Plus simples uniquement parce que nous n'avions aucune idée de ce qui se passait. Pas même dans notre propre pays. Encore moins ailleurs. On ne savait tout simplement rien.

— Tandis qu'à présent, nous en savons trop.

— Eh oui. Et ça peut nous paralyser, mais ça ne

doit pas forcément être le cas. » Silence et souffle sur la ligne. « À demain alors ?

— Vers sept heures, d'accord… Tu as vraiment dit *ceci expliquant* ?

— Je l'admets. C'est pour rivaliser avec ton *tandis que*. »

Elle ne raccrocha pas. Je l'entendis caresser, frotter et syncoper les cinq cordes de son banjo montagnard, et les Carter m'assurer que la tempête et sa fureur se déchaîneraient aujourd'hui.

Chapitre 14

Le lendemain soir, nous étions à table lorsque le biper retentit et je dis : « Merde ! j'avais oublié ce truc-là. » Je l'avais déposé sur le petit meuble près de l'entrée en rentrant la nuit précédente et n'y avais pas repensé depuis. Il était resté là alors que j'étais allé prendre mon service de la journée. Il y était encore.

L'un des petits de Miss Emily était en petite forme lorsque je rentrai. Il semblait avoir du mal à respirer, tonus musculaire pas terrible, cou flasque, museau sombre. Miss Emily ne cessait de le sortir de la boîte à chaussures pour l'abandonner sur le sol. Je le ramassais et le remettais dans la boîte, elle l'en sortait de nouveau. Val arriva et le ramassa immédiatement, farfouilla dans l'armoire à pharmacie jusqu'à ce qu'elle trouve un vieux flacon de sérum physiologique, lui nettoya la gueule et la gorge, lui souffla délicatement dans les narines. Puis elle le plaça dans la poche de sa chemise « pour le réchauffer ». Lorsqu'elle l'en sortit une demi-heure plus tard, il semblait prêt à conquérir la boîte à chaussures et à défier quiconque.

« Il y a quelque chose que tu ne sais pas faire ? lui demandai-je.

— Hum. D'abord, établir la paix dans le monde. Et j'en suis encore à essayer de faire régner la justice au sein du Département de la justice. » Elle sourit. « Les opossums, c'est facile. C'étaient mes animaux de compagnie quand j'étais petite. Tu as baptisé ces petits gars ? »

Ça ne m'était même pas venu à l'esprit.

« Bon alors voyons. Voici Lonnie, celui-ci c'est Bo, celui-là c'est Sam.

— Les Chatmon[1].

— Combien de personnes sur la planète savent cela ?

— Et le quatrième, cherchez l'intrus, ça doit forcément être Walter Vinson.

— Exact, encore une fois. »

Vêtue d'un de mes vieux T-shirts, J.T. émergeait de la pièce du fond. « Voilà le problème avec les vieux comme toi, dit-elle, toujours à radoter sur les grands anciens.

— Vieux, hein ? dit Val.

— Eh bien, tu dois bien admettre qu'il plombe les chiffres de la démographie. » Elles s'étreignirent. « Contente de te revoir.

1. La famille Chatmon donna au blues des années vingt du Mississippi quelques-uns de ses représentants les plus importants, notamment les Sheik, groupe de blues à cordes.

— Moi aussi. Heureuse que tu l'aies retrouvé — juste à temps, à ce qu'il m'a raconté.

— Un coup de chance. Il semblerait que j'arrive toujours comme un cheveu sur la soupe sans savoir dans quoi je mets les pieds.

— Ça doit être de famille. »

J.T. rit. « On en parlait justement... Tout s'est bien terminé, finalement. »

Nous nous étions naturellement réunis dans la cuisine, où Miss Emily nous considérait avec méfiance depuis sa boîte à chaussures. Les gens du Sud ont la réputation de transformer les opossums en dîners somptueux.

Je sortis un pain de maïs du four, accompagné de gruau, de fromage et d'un ragoût de saucisses. Je coupai le gaz sous une marmite de légumes verts après y avoir ajouté une noix de graisse de lard. Pour le moment, Miss Emily et sa portée ne risquaient rien.

« Cette nourriture me semble, je ne sais pas, dit J.T., bizarre ? »

Val releva le défi. « Ça ? C'est rien ! Attends qu'il te fasse des queues de porc, ou l'écureuil frit entier, avec ses orbites vides qui te regardent.

— Je ne prendrai peut-être qu'une bière. »

Mais un peu plus tard, sa fourchette trouva le chemin de la montagne de gruau dans son assiette, puis s'aventura jusqu'aux légumes, juste histoire de voir. Le temps de cligner de l'œil, et elle se resservait déjà dans la marmite.

« Ce doit être dans mon sang, dit-elle en se rasseyant. Ça fait drôle de manger à cette heure de la nuit, comme une personne normale. Normale, à part cette nourriture, bien sûr. » Elle prit une ou deux fourchetées avant de poursuivre. « D'habitude, je bosse de nuit. Je préfère. Comme partout, le Département nous met aux trois-huit, mais j'échange toujours quand c'est possible. La ville est différente la nuit. *On* est différent.

— Sans compter que toute la hiérarchie est rentrée se coucher.

— Oui, il y a ça aussi. On est vraiment dedans. » Jusqu'au cou, oui. « Et c'est la nuit que les cafards sortent. » Un vieux sermon des forces de l'ordre, qui avait probablement cours depuis l'époque des gardes prétoriens. *Ave Caesar*, clamaient-ils de sous leurs torches. Et voici les cafards.

« Exact. Alors, comme eux, c'est généralement à ce moment-là que je mange. De grandes platées de nourriture indigeste à deux heures du mat. Des steaks *rib-eye* durs comme de la semelle, des patates à la sauce chimique, des hamburgers caramélisés, des œufs vulcanisés.

— De la bouffe qui tient au corps, dit Val, qui invoquait un sermon tout aussi ancien.

— Rien à voir avec *celle-ci*, bien sûr. »

Ma fille avait conservé son sens de l'humour. Avec le genre de boulot qu'on fait, et les choses qu'on voit jour après jour, beaucoup d'entre nous le perdent. Ne jamais faire confiance à un homme (ou à une femme) qui n'a pas le sens de l'humour. C'est la règle numéro un. L'autre règle numéro un, bien sûr, c'est de ne jamais faire confiance à quelqu'un qui vous dit à qui faire confiance.

« Le reste de la nuit et la journée, c'est principalement café, continua J.T., peut-être un bol de gruau d'avoine une fois la paperasse finie. Puis je rentre regarder les films que j'ai repérés pendant le week-end, et, deux ou quatre heures plus tard, si j'ai de la chance, je me mets au lit. À trois heures de l'après-midi, alors que je suis rentrée à neuf ou dix heures du matin, je suis debout et je tourne en rond. Je me fais du café que j'avale en regardant *Cops*, *Judge Judy* et tout le reste. J'ai toujours le vieux percolateur Corningware de maman et je m'en sers tous les jours.

— Celui avec les fleurs bleues sur le côté ?

— C'est bien celui-là.

— Et il fait encore un café potable ?

— Après quelques passages à la Javel et au bicarbonate de soude, ouais — il est resté inutilisé un bon moment. »

C'est à ce moment-là que le biper a sonné.

De nos jours, la plupart des services téléphoniques sont automatisés, mais dans les petites villes comme la nôtre, les opérateurs font encore le gros du boulot. Ils composent les numéros pour les vieux et les impotents, font de l'archivage d'abonnés, prennent les appels d'urgence.

Le numéro affiché sur le biper répondit à la première sonnerie.

« Désolée de vous déranger, adjoint.

— C'est vous, Mabel ? Il est quoi, onze heures du soir ? Votre service ne finit jamais ?

— On n'a personne au standard après dix-huit heures, pas d'argent pour ça, qu'ils disent. Alors les appels d'urgence sont transférés à mon domicile. J'ai essayé de joindre l'officier en chef, juste au cas où. Sans réponse. »

Pas étonnant. À mon retour, les retraités de la caserne s'étaient envolés. Lonnie et moi cavalions de manière désordonnée sur le terrain de nos journées, nous passant et repassant le ballon.

« C'est Miss June. Elle a appelé pour signaler des ennuis vers chez elle.

— Je croyais qu'elle vivait chez ses parents.

— Nan. Elle a emménagé dans une petite baraque sur Oriole qui appartenait à Steve et Dolly Warwick du temps où ils vivaient encore. Leur fils l'a mise en location.

— De quel genre d'ennuis parlons-nous, Mabel ?

— Effraction, à ce qu'on dirait.

— Pourquoi June n'a-t-elle pas appelé son père ? C'est toujours lui le shérif, après tout.

— J'saurais pas dire. Ils ont eu des différends par le passé, tout le monde sait ça. Mais elle vous a spécifiquement demandé. »

Je notai l'adresse telle qu'elle me la donna, proférai des excuses auprès de Val et de J.T., de Miss Emily et de sa progéniture. Je rappelai à J.T. que, si un homme étrange se présentait à sa porte, quelqu'un avec un air du terroir, probable que ce serait juste mon voisin, Nathan.

« Tu veux dire, comme si un de ces arbres essayait de se glisser dans la maison ?

— Il n'entrera pas, mais ouais, c'est bien Nathan. »

Lorsque je me garai, June était assise sur la véranda, ses pieds nus pendant par-dessus et touchant presque le sol. La maison avait été construite dans les années trente. Comme les inondations étaient monnaie courante, à l'époque, on construisait les maisons bien au-dessus de leurs fondations.

Je descendis du Chariot mais n'avançai pas tout de suite, balayant des yeux les fenêtres, la véranda et les arbres proches, vieux réflexe, à la recherche de tout ce qui pouvait clocher.

« Ça va, June ?

— Très bien. » Elle se laissa glisser sur le sol. « Merci d'être venu.

— De rien.

— Permission de monter à bord.

— Pardon ?

— C'est ce qu'ils disent tout le temps dans les vieux films, les vieux bouquins. Permission de monter à bord. »

Comme je m'avançais vers elle, elle tourna les talons, monta les marches, franchit la porte et entra dans la maison. Je la retrouvai juste derrière la porte, à observer le carnage. Tous les tiroirs avaient été tirés et vidés, les coussins déchirés, les tables, les chaises et les étagères brisées, les lampes et les appliques retournées.

« Y a un truc bizarre avec les effractions, commença-t-elle. Quand c'est arrivé une fois, on s'attend toujours à ce que ça recommence, tu vois ? Comme si on se disait que le monde fonctionnerait comme ça, désormais. » Elle se tourna vers moi. « Bien sûr, tu sais tout ça. Tu veux quelque chose à boire ? Je garde une bouteille de scotch ici pour p'pa. »

Je dis d'accord et elle s'en fut à la cuisine la chercher.

« Ça t'embête pas si on retourne dehors ? »

Dehors, rien n'avait changé. Je m'assis avec elle au bord de la véranda.

« Lorsque tu as été blessée, dis-je après un temps, tu portais une arme.

— Et tu n'as jamais demandé pourquoi.

— Pas jusqu'à maintenant. »

Auparavant, je n'avais jamais perçu beaucoup de Lonnie en elle. À présent, tandis qu'elle baissait la tête et que son regard se perdait au loin, je le vis.

« J'avais un prof en troisième. Monsieur Sacher. Il avait perdu les deux bras durant la guerre de Corée. Il attrapait le livre de cours entre les paumes de ses mains-prothèses toutes raides et le déposait délicatement sur le bureau. On est tous doués pour quelque chose, nous répétait-il sans cesse. Le problème, c'est de trouver pour quoi.

« Le truc de monsieur Sacher, c'était le comique. Il emmenait quelques-uns d'entre nous en voiture et, roulant des yeux d'une feinte épouvante, lâchait le volant. Mais il conduisait avec les genoux. Il emmenait une guitare en cours et faisait des efforts désespérés pour en jouer.

« Peut-être que monsieur Sacher avait raison. La seule chose pour laquelle je semble douée, c'est pour choisir le mauvais mec.

— Ceci, dis-je, me remémorant l'œil au beurre noir qu'elle avait tenté de dissimuler, ne serait pas l'œuvre du gars avec qui tu étais il y a un an ou deux ?

— Impossible. Mais il y en a eu d'autres.

— Est-ce que l'un d'entre eux aurait pu faire ça ?

— Je ne pense pas.

— Alors peut-être que ça n'a aucun rapport. »

Nous restâmes silencieux.

« Peut-être que tu devrais songer à revenir travailler.

— Je ne… » Je vis le changement dans ses yeux. « Tu as raison. Laisse-moi la journée de demain pour ranger tout ça. Je reviendrai dans deux jours. Ça me fera du bien de penser à autre chose.

— Génial. » Je finis mon scotch et posai mon verre sur les planches tordues de la véranda. Elles semblaient aussi vieilles et sauvages que les arbres qui nous entouraient. « Mabel m'a dit que tu m'avais demandé.

— C'est vrai.

— Comment veux-tu gérer tout ça ?

— Il n'y a pas grand-chose à gérer, en fait.

— Il y a Lonnie. »

Elle acquiesça. « Je pensais que tu pourrais lui parler, lui dire ce qui s'est passé. Si c'est moi, ce sera ma faute. Les losers avec qui je traîne. Quand vais-je apprendre. Ma vie dissolue.

— Je vais lui parler, dès demain matin.

— Je t'en suis reconnaissante.

— Ce sera bon de te voir de retour, June. »

J.T. était assise sur la véranda à mon retour. Je m'installai à ses côtés. Les grenouilles se répondaient, là-bas, dans le bosquet de cyprès.

« Val est partie ?

— Il y a à peu près une heure.

— Tu te sens d'aider une amie à ranger sa maison ? » demandai-je.

Chapitre 15

Lorsque je travaillais encore comme psychologue, ayant acquis une petite réputation à Memphis, j'avais tendance à hériter des cas les plus difficiles, ceux dont personne ne voulait. Des patients recommandés, comme on les appelle, semblables à ce que disait Ambrose Bierce au sujet des bons conseils : la meilleure chose à en faire, c'est de les donner à quelqu'un d'autre, le plus vite possible. Dans la plupart des cas, ces patients se révélaient être des individus lourdement atteints ; aucun d'entre eux ne manifestait le moindre talent ou inclination pour la communication, tous fonctionnaient à partir des mécanismes adaptatifs qui leur avaient permis de survivre jusque-là mais qui, à présent, et de manière parfois spectaculaire, étaient en train de s'effondrer.

Je fus donc quelque peu surpris par l'apparence calme de Stan Bellison. J'en savais peu à son sujet. Il était, ou avait été gardien de prison, et victime d'un sévère traumatisme lié à son travail. C'étaient les autorités fédérales qui avaient pris le rendez-vous.

« Pourquoi êtes-vous ici ? » était la première question, habituelle et éculée, mais en l'occurrence, je n'eus pas à la poser. Stan entra, s'assit sur la chaise en face de la mienne et, après s'être présenté, dit : « Je suis ici parce que j'ai été pris en otage. »

Deux détenus, à l'atelier, s'étaient emparés d'une lame de scie et, comme ils la tenaient contre la gorge d'un gardien, en avaient pris un autre en otage — Stan, qui avait tenté de venir en aide à son collègue. Renvoyant tout le monde, les détenus s'étaient barricadés dans l'atelier, et, lorsqu'on entra en contact avec eux, ils annoncèrent qu'ils ne parleraient qu'au gouverneur. Ils relâchèrent le premier gardien en signe de bonne volonté. Stan, qu'ils appelaient Monsieur Gentil, resta.

« Vous avez été flic », dit Bellison. Une fois de plus, je notai à quel point il semblait à l'aise.

« Pas un très bon, j'en ai peur.

— Alors espérons que vous êtes meilleur psychologue, dit-il, et il rit. Je n'ai pas envie d'être ici, vous savez.

— C'est courant. »

Ses yeux, dans les miens, étaient clairs et calmes.

Chaque jour, les détenus lui coupaient un doigt. La crise dura huit jours.

Le dernier jour, le meneur, un certain Billy Basil, franchit la porte pour aller chercher une pizza qu'on avait déposée juste devant, et prit la balle d'un sniper. Le gouverneur n'était pas descendu du Capitole pour parlementer, mais il avait envoyé des instructions.

« Au moins, c'était fini, dis-je. Le traumatisme, ce qu'il vous ont fait subir, vous le garderez longtemps, bien sûr.

— Vous ne comprenez pas, me dit Stan Bellison. L'autre détenu. Son nom était Kyle Beck. Le dernier jour, tandis qu'il restait à observer le corps de Billy par la porte ouverte, je m'approchai de lui par-derrière et lui crevai les yeux avec mes pouces. »

Il leva les mains. Je vis les moignons irréguliers de ce qui avait été ses doigts. Et les pouces qui lui restaient.

Chapitre 16

« Elle n'apprendra jamais, pas vrai ?

— C'est ce qu'elle a dit que tu allais dire. »

Nous étions assis sur le banc devant le bazar Manny-Tout-Pour-Rien, là où près d'un an auparavant j'étais assis avec Sarah Hazelwood, lorsque son frère avait été assassiné. Lonnie prit une gorgée de café. Une voiture descendit Main Street. Puis une autre. Puis un camion. Il prit une nouvelle gorgée. Une légère brise s'élevait et poussait sacs plastique, feuilles mortes et emballages alimentaires contre nos chevilles. « Tu as toujours cet opossum dont tu m'as parlé ?

— Miss Emily. Ouais. Elle a une famille maintenant. Les plus moches petites créatures que tu puisses imaginer. »

Brett Davis sortit du magasin en boutonnant par-dessus celle qu'il portait déjà une chemise de flanelle neuve aux plis profondément marqués.

« Lonnie. Monsieur Turner.

— Premier achat du millénaire, Brett ?

— La dernière s'est carrément désintégrée quand Betty l'a lavée. Elle m'a dit : "Brett, tu ferais bien de venir voir", et elle me montre un tas de chiffons humides. Une vraie pitié.

— C'est sûr. » Lonnie se toucha le front de l'index en guise d'au revoir. Brett grimpa dans son camion qui m'avait toujours fait l'effet d'un truc qu'on aurait écrasé sous une presse puis redéplié, peut-être à l'aide d'aimants très puissants.

« June a raison, dit Lonnie au bout d'un moment. Je l'ai toujours blâmée, j'ai toujours retourné les choses dans ma tête jusqu'à ce que tout soit de sa faute. Je ne sais pas pourquoi.

— La déception, peut-être. Tu attends autant d'elle que de toi-même — et tu attends plus ou moins les mêmes choses. Nous construisons tous ces scénarios dans nos têtes, comment on voudrait que les choses soient, puis on s'en prend aux signes quand le monde se révèle différent. On est tous différents, Lonnie. Chacun ses forces, chacun ses faiblesses.

— Je ne sais pas si je te l'ai déjà dit, mais il y a des moments où je me sens carrément crétin quand tu es là. On discute, et tu me dis ce que je sais déjà. Ce qui doit être la pire façon d'être crétin.

— C'est grâce à toute cette formation que j'ai reçue.

— Mon œil. »

Lonnie emmena June dîner ce soir-là. Juste eux deux. Elle avait passé la journée, aidée de J.T., à remettre de l'ordre chez elle. Vêtu de sa plus belle

135

chemise et d'une cravate, du veston d'un complet sport qui était resté suspendu au fond de son armoire depuis près de trente ans, il vint la chercher à sa porte avec un bouquet d'œillets et la conduisit jusqu'à Poplar Crossing, où se trouvait le meilleur *steakhouse* de tout le comté. « Tous ont dû penser qu'il était un pauvre vieil imbécile qui essaie de séduire une jeunesse », dit June lorsqu'elle vint au travail le lendemain matin.

Puisqu'elle était là pour garder le fort, je décidai d'aller rendre visite à Don Lee. Il avait été transféré à l'hôpital du comté à une heure de route à peu près.

On l'avait débranché du respirateur. Une canule à oxygène serpentait à travers son lit jusqu'à son nez. De l'eau faisait des bulles dans l'humidificateur. Des sacs à perfusion, certains replets, d'autres quasi à plat, pendaient à des perches. L'une d'elles supportait un appareil de type baromètre, qui remplissait une double fonction, mesurer la pression intracrânienne et évacuer les fluides.

« Il est conscient par intermittence, me dit une infirmière, à peu près ce à quoi on peut s'attendre à ce stade. Vous êtes de la famille ? Un ami ?

— C'est mon patron, en fait. » Je n'avais aucune raison de lui montrer mon insigne mais je le fis tout de même. Elle dit qu'elle était désolée, qu'elle serait juste devant la porte à préparer ses plannings en retard, et nous laissa seuls.

Je posai ma main près de celle de Don Lee sur le lit. Ses yeux s'ouvrirent, contemplant le plafond.

« Turner ?

— Je suis là, Don Lee.

— C'est dur.

— Je sais.

— Non. C'est *dur*. »

Je lui racontai ce qui s'était passé à Memphis.

« Tu t'es plus ou moins lâché, là, pas vrai ?

— On dirait bien, oui.

— Tu vas bien ?

— Ouais.

— Tant mieux. Je suis fatigué, vraiment fatigué…
Pourquoi quelqu'un m'a planté un pique à glace
dans la tête, Turner ?

— C'est une sonde.

— Une bombe ?

— Non, une sonde. »

Il sembla y réfléchir.

« Ils n'arrêtent pas de me le dire et j'arrête pas
d'oublier : June va bien, oui ?

— Très bien. Elle reprend le travail aujourd'hui
même. »

Je pensais qu'il avait replongé lorsqu'il dit tout à
coup : « Tu es sûr que tu ne veux pas être shérif ?

— Je suis sûr.

— Excellente idée. »

Je sortais le Chariot en marche arrière d'un emplacement visiteur lorsque le biper sonna. Je restais
assis à regarder le numéro, quand une voiture et un
4×4 à peu près de la taille d'un tank me klaxonnèrent dans les oreilles.

June.

Je me garai de nouveau, ce qui me valut un salut du majeur de la part du conducteur du tank, et allai utiliser le téléphone du hall de l'hôpital.

« Comment va Don Lee ? demanda June.

— Ça a l'air d'aller. Ça va quand même prendre du temps. Alors, qu'est-ce qui se passe ?

— Peut-être rien. Thelma a appelé du Jay's Diner. Elle dit qu'un gars s'y est pointé, tôt ce matin. Il attendait dans sa voiture lorsqu'ils sont venus ouvrir, en fait. Il a juste commandé du café. Puis un peu plus tard — elle, Gillie et Jay faisaient la mise en place, bien sûr, mais elle est passée une ou deux fois à sa table pour s'assurer qu'il n'avait besoin de rien — il a demandé après toi. Il a dit qu'il était un vieil ami. »

Si j'avais de vieux amis, il était peu probable que j'aurais envie de les voir.

« Lorsque Thelma lui a dit qu'il devrait se renseigner au bureau du shérif, il a dit qu'il ne faisait que passer, pressé par le temps. Qu'il repasserait peut-être.

— Thelma a dit à quoi il ressemblait ?

— Fin, teint mat et cheveux noirs, en costume, sombre également, par-dessus une chemise de laine jaune boutonnée jusqu'en haut. Chaussures de qualité. Le truc, a dit Thelma, c'est qu'il n'a pas posé le genre de questions auxquelles on s'attendrait. Où tu habitais, ce que tu faisais dans la vie, tout ça. Ce qu'il voulait savoir c'est si tu avais une famille, qui étaient tes amis.

— Merci, June. Il est toujours dans le coin ?

— Il est remonté dans sa voiture, a dit Thelma — une Mustang bleu foncé, j'ai le numéro de la plaque — et il est reparti en direction de l'autoroute.

— J'arrive. À tout de suite. »

Une demi-heure plus tard, je quittai la route et me rangeai sur le promontoire juste au-dessus de chez Val. La maison du vieux Ames, comme tout le monde l'appelait encore. Val était au travail à la caserne de la police fédérale, bien sûr, mais une Mustang bleu foncé était garée dans son allée.

Je descendis parmi des massifs de chênes et de pécaniers treillissés de chèvrefeuille, parmi des vagues de kudzu s'élevant jusqu'aux chevilles, jusqu'à la porte de derrière qui donnait sur la cuisine. Personne ne verrouillait les accès par ici, et la cuisine ne présentait aucun intérêt pour lui.

J'avais également l'avantage de connaître la maison et ses planchers en bois. Guettant les craquements qui venaient du dessus, je suivis ses déplacements : chambre principale, couloir, deuxième et troisième chambres, salle de bains. Puis la minuscule pièce probablement destinée aux domestiques, et de nouveau le couloir.

« Tu dois être Turner », dit-il du haut de l'escalier.

Un gars à la cool. Sûr de lui et qui attendait de voir d'où venait le vent.

Je lui tirai une balle dans le genou. Il dégringola les marches, main gauche et arme dégainée rebon-

139

dissant derrière lui, jusqu'au bas de l'escalier, où j'appliquai mon pied sur son poignet.

« Mes excuses, d'abord, dis-je. De toute évidence tu n'es pas un des gros bras. Subtilité, ils ne savent même pas comment ça s'écrit.

— Contrat, dit-il.

— Qui paie ?

— Tu sais comment ça marche. Je peux rien dire du tout. »

Je pointai vaguement le canon du Police Special dans sa direction, un petit balayage. « Cheville ou genou ? »

J'utilisai le téléphone de Val pour appeler June et lui dire que j'allais être un peu retardé. Puis je retournai à l'hôpital, l'un des draps de Val noué serré autour du genou de mon passager. Peu de dommages côté vaisseaux, mais les articulations, ça saigne. Demandez à n'importe quel chirurgien orthopédiste.

C'était précisément ce que j'étais en train de faire (« Un cas comme celui-ci, on peut reconstituer l'articulation à partir des fragments, en ajoutant un peu de plastique ici et là — parfois c'est la meilleure solution, rester fidèle à l'original — ou on peut remplacer l'ensemble. Les nouvelles applications du titane sont remarquables ») lorsque Val franchit la double porte.

« June m'a appelée. »

Je remerciai le médecin et lui dis que je le recontacterais pour tout ce qui concernait le coût, la responsabilité et tout le reste.

« Pas de problème, dit-il. Monsieur Millikin avait une attestation d'assurance sur lui. Il est entièrement couvert. Il dit qu'il veut devenir l'homme d'acier. Je dois aller finir une intervention en salle d'opération — je me suis interrompu pour l'examiner. On s'occupera ensuite de lui. » Il prit congé d'un signe de tête. « Sherif. Madame.

— Mais qu'est-ce que c'est que cette histoire ? demanda Val. Ce type était chez moi ? Qu'est-ce qu'il y foutait ? C'est qui ce type, d'abord ? »

Au sous-sol, nous trouvâmes un endroit où prendre un café, pas vraiment une cafétéria, plutôt un genre de magasin, et je lui détaillai ce qui s'était passé.

« Alors quoi ? Il allait me prendre en otage ?

— Ou pire. En dehors du fait que c'est un contrat, il ne lâche rien.

— C'est lié avec ce qui s'est passé à Memphis. » J'approuvai.

« Ce qui nous renvoie à l'arrestation par Don Lee de — comment s'appelle-t-il, Judd Kurtz ?

— Exact, encore une fois.

— Du peu que j'en sais, sous-traiter les représailles ne fait pas partie de leurs habitudes.

— C'est vrai. Mon avis c'est que, vu comment ça s'est passé la dernière fois, ils ont décidé de faire profil bas. Ils s'arrangent pour qu'on ne puisse pas remonter jusqu'à eux. »

Soufflant sur son café — un geste tout à fait superflu, dans la mesure où il était, au mieux, tiédasse — Val suivit des yeux la progression d'une

141

jeune femme parmi les rayons. Un tatouage élaboré ornait le creux de sa nuque. Elle portait des bottes cloutées et reniflait tout ce qu'elle prélevait sur les étroites étagères de verre. Avant d'en reposer la plus grande partie.

« Ces gars-là ont les plus longues mémoires du monde, dit Val. Ils ont des guerres qui durent depuis des siècles. Tôt ou tard, sans nouvelles de leur éclaireur, ils vont comprendre que ça a mal tourné.

— On pourrait leur envoyer sa tête. »

Arrivée à la caisse, la jeune femme tatouée braqua un sourire sur le caissier tandis qu'il parlait, attendait puis parlait de nouveau. Après quoi, le sourire s'évanouit et elle se remit en mouvement.

« Je plaisantais, dis-je. Tu as raison. Ils vont attendre un peu, mais ils reviendront. Quelqu'un reviendra. »

Chapitre 17

Ce soir-là, vers onze heures, je reçus un appel. Mabel me l'avait transféré à la maison. J'entendais à peine mon interlocuteur par-dessus le juke-box et le brouhaha des voix.

« C'est le shérif ?

— Son adjoint.

— Ça suffira. Vous feriez mieux de venir ici.

— C'est où, ici ?

— À la Cabane. Route 41, presque deux kilomètres après l'ancienne égreneuse de coton. »

Je lui dis que j'étais en route et raccrochai.

« Il joue où, Eldon, en ce moment ? demandai-je à Val.

— Un endroit appelé la Cabane. Pourquoi ?

— C'est bien ce que je pensais. Ils ont des ennuis.

— Il va bien ?

— Je ne sais pas. Tu seras là quand je rentrerai ?

— J'ai une grosse journée demain, et quelques réunions sur lesquelles il faudrait que je commence à travailler dès ce soir. Tu m'appelles ? »

Je dis que je le ferais, et lui demandai de laisser un mot pour J.T. au cas où elle se réveillerait en mon absence. J'accrochai mon étui et mon ceinturon, et me dirigeai vers le Chariot.

La Cabane était remarquablement bien construite, bâtie en bois et repeinte de frais, vert sombre avec des motifs plus clairs. Des coquillages qui pavaient le parking crissèrent comme je le traversais. Des spécimens de chaque insecte natif du comté s'agglutinaient en d'épais nuages autour des lumières jaunes de l'entrée.

Le bar occupait tout le mur immédiatement après la porte et permettait au barman de garder un œil sur tout ce qui se passait. Le plafond était bas, le comptoir éclairé par une unique lampe au plafond qui emplissait les étagères d'ombres.

La scène, une palette améliorée à trente centimètres au-dessus du sol, occupait le coin de la pièce. La plupart des clients y étaient rassemblés. Au son de la lourde porte, ils se retournèrent. Comment ils avaient pu l'entendre, je l'ignore, eu égard aux bruitages guerriers qui s'élevaient du juke-box.

« Éteignez-moi ce truc. »

Le barman passa la main sous le comptoir. Un solo de saxophone mourut à mi-course, comme si on avait tiré une oie.

La foule reflua à mon approche. Eldon était assis sur le bord de la scène. L'un de ses yeux était quasiment fermé ; du sang, noir dans le faible éclairage, noir comme son visage, maculait le devant de sa chemise. Sa guitare gisait en pièces à ses pieds. Le bassiste était appuyé contre le mur ; il étreignait sa Fender. Le batteur, toujours assis, faisait tournoyer une baguette.

« Allez viens, espèce d'enfoiré ! Lève-toi et bats-toi comme un putain de mec ! » Cela proféré par un type trapu qui me tournait le dos.

Je posai délicatement une main sur son épaule et il se retourna, balançant son poing. Il émit ensuite un grognement tandis que j'enfonçais le mien dans son aisselle, saisissais son poignet de l'autre main et tirais violemment sur celui-ci pendant que de l'autre je poussais vigoureusement. Lorsqu'il leva l'autre main pour frapper, je lui tordis le poignet. Un de ses potes, sans doute, s'avança vers moi et dit : « Hé, mec, t'as pas le droit de... », avant de recevoir une baguette en plein entre les deux yeux. Il recula en titubant. Le batteur, qui avait lancé sa baguette comme un poignard, agita un doigt en guise d'avertissement.

« Ça va, Eldon ?

— Ouais.

— Et toi ? dis-je au gars trapu. T'es calmé ? »

Il acquiesça et je le laissai aller, tout en reculant. Je surveillais ses yeux. Ce furent eux qui le trahirent, puis le changement de position de ses pieds. J'écrasai durement son pied d'appui et son genou céda. Je balayai l'autre et le projetai au sol.

« Ne te relève pas avant d'avoir retrouvé tes bonnes manières. » Puis à Eldon : « Qu'est-ce qui se passe ici ?

— Qu'est-ce que j'en sais ? Le gars commence à

traîner devant la scène, il a quelque chose à me dire toutes les deux minutes, je me contente d'approuver, de sourire et de l'ignorer. Alors il se met à parler plus fort. À un moment, il essaie de monter sur les planches et renverse de la bière sur mon ampli. Et après il trébuche en redescendant et gueule que je l'ai poussé. La seconde d'après, il a chopé ma guitare et l'a éclatée.

— Tu veux que je le boucle ?

— Putain, non, Turner. C'est pas comme si ça ne m'était jamais arrivé. Dis juste à son pote, là, de ramener ce connard chez lui pour qu'il dessoûle. »

J'aidai le type à se relever.

« C'est ton jour de chance, lui dis-je. Donne-moi ton portefeuille. » J'en tirai son permis de conduire. « Tu passeras le reprendre demain et on aura une petite discussion. Maintenant casse-toi. »

J'attendis au comptoir tandis qu'Eldon empruntait une serviette au barman et allait aux toilettes se nettoyer. Il en ressortit sans que la différence soit flagrante.

« Ta chemise me rend nostalgique de l'époque hippie. Je t'offre un verre ?

— Un jus de tomate.

— Et une pression pour moi », dis-je au serveur.

Le juke-box se ralluma. Je regardai durement le barman et le volume baissa de moitié.

« Il voulait que tu te battes avec lui.

— C'est sûr.

— Mais tu ne l'as pas fait. »

Le regard d'Eldon se perdit vers la scène où le batteur et le bassiste remballaient leur matériel.

« Ça doit faire six ou sept ans de ça. Un club dans le coin de Beaumont. J'étais sorti pendant le break et un gars s'amène et commence à causer — du genre, y a pas à dire, tu sais en jouer de ce truc, garçon. Un moucheron devant mon visage, et il refuse de s'en aller. »

Il finit son jus.

« J'ai bien failli le tuer. J'ai juré ce jour-là que je ne boirais plus jamais et que je ne me battrais plus jamais. T'as déjà tué quelqu'un, Turner ?

— Ouais.

— Alors tu sais. »

J'opinai.

Le bassiste avait ramassé ce qui restait de la guitare d'Eldon et l'avait remise dans son étui, qu'il apporta et posa aux pieds d'Eldon.

« On se parle demain, dit Eldon.

— Appelle pas trop tôt. » Une vieille plaisanterie : ils sourirent tous deux.

Sur la piste, quatre ou cinq couples se trémoussaient au son du « Lonesome Fugitive », de Merle Haggard.

« Du temps où je jouais du R'n'B, j'avais toujours au moins une douzaine de guitares électriques, dit Eldon. J'avais une Gibson solid-body, une Gretsch, une de ces Nationales en forme de carte, une Telecaster ou une Strat. J'ai rien d'autre que cette vieille Guild Starfire depuis des années maintenant. Quand je l'ai achetée, un endroit appelé

Charlie's Guitars à Dallas, le vernis était tout arraché au-dessus de la plaque, là où ce bluesman avait collé ses initiales. Je pense qu'il les a recollées sur sa nouvelle guitare. Et je pense que je serai en route pour Memphis demain matin pour faire quelques courses. »

Val n'était pas rentrée chez elle, finalement. Elle était couchée sur le canapé, une jambe croisée sur l'autre en un 4 parfait. Miss Emily dormait sur l'accoudoir, à côté de sa tête. Je la recouvris d'une couverture, puis passai à la cuisine et me servis une solide dose de bourbon.

Plus tôt, j'avais fait des pâtes, et la cuisine sentait encore l'ail. L'entrée de derrière était ouverte. Un papillon de nuit de la taille de mon pouce s'agaçait sans relâche contre la porte-moustiquaire. Du lac me parvenaient les appels des grenouilles et des oiseaux de nuit.

J.T. s'était quasiment endormie à la table de la cuisine. « J'ai l'habitude d'être occupée, me dit-elle. Quand je ne le suis pas, je m'épuise, sans compter que je suis déphasée. » Elle insista pour débarrasser, et sitôt que ce fut fini, elle alla se coucher. Que le lit lui revienne était un point sur lequel j'avais insisté lorsqu'elle était venue vivre avec moi. J'avais pris le canapé. Et à présent, le canapé avait été reconquis, par Val. Et Emily. La maison se remplissait à toute vitesse.

« Eldon va bien ? »

Enveloppée dans la couette, Val se tenait dans

l'encadrement de la porte. Miss Emily la contourna pour aller jeter un œil sur ses enfants.

« Un peu d'usure en plus — comme nous tous. » Je lui racontai ce qui s'était passé. « Je croyais que tu voulais rentrer. »

Elle s'assit en face de moi, me prit le verre des mains et en but une bonne gorgée.

« Moi aussi. Mais plus j'y pensais… »

J'acquiesçai. Rien de tel qu'une effraction pour donner un éclairage nouveau à votre agencement intérieur. « Laisse faire le temps. »

Elle bâilla. « Bon, ça suffit, assez de débauche. Je retourne au lit.

— Au canapé, tu veux dire.

— Il y a de la place pour deux.

— Il y a à peine assez de place pour toi.

— Alors où vas-tu dormir ?

— Hé, onze ans de prison, tu te souviens ? Je peux dormir n'importe où. Je vais mettre une ou deux couvertures par terre, ici.

— T'es sûr ?

— Va dormir, Val.

— Ne te couche pas trop tard.

— Non, mais je suis encore un peu tendu. Je vais juste rester assis ici un moment avec Miss Emily et la famille.

— Bonne nuit. »

Je me versai un autre verre et restai à me demander pourquoi Miss Emily avait choisi de vivre parmi les humains, et ce qu'elle pouvait penser d'eux. Je m'interrogeai sur ce que j'en pensais moi-même.

Rassurée sur le sort de ses enfants, Miss Emily s'était perchée sur le rebord de la fenêtre au-dessus de l'évier, un de ses recoins préférés. Les yeux levés vers elle, je la vis soudainement baisser la tête, oreilles en avant.

Puis je vis l'ombre traverser la cour.

Je franchis la porte avant même d'avoir pris le temps d'y réfléchir, prenant soin de ne pas laisser claquer la porte-moustiquaire. Une lune claire flottait au-dessus des arbres. Je baissai les yeux jusqu'à leurs racines, cherchant un mouvement, une variation de densité, des ombres au-delà des ombres. Oiseaux et grenouilles avaient cessé de crier.

Je n'aurais jamais pensé qu'ils reviendraient si vite.

Je me glissai jusqu'à la première marche de la véranda, regardai, écoutai. Je restai pendant ce qui semblait une éternité avant que les lattes grincent derrière moi. Je me tournai et vis qu'il était là, un bras sinueux levé pour intercepter le mien.

« Nathan ! »

Il relâcha son étreinte sur mon bras.

« Y a quelqu'un qui traîne dans les bois, dit-il, ça va bientôt faire un mois.

— Tu sais qui c'est ? »

Il secoua la tête. « Mais tôt ce soir, l'un d'entre eux s'est approché d'un peu trop près de ma cabane, et il a fait l'erreur de courir. Le chien l'a poursuivi, bien sûr, puis il est revenu l'air content de lui. Alors je l'ai pisté jusque par ici. Avec le sang ça a été plus facile. »

Nous l'avons trouvé quelques minutes plus tard près du lac, couché face contre terre. Un peu plus de vingt ans, vêtu d'un jean bon marché et d'une veste assortie sur un T-shirt noir, bottes western en plastique. Lorsque je le retournai, le sang s'écoulait plutôt qu'il ne giclait de sa hanche.

Nathan secoua la tête.

Par ici, les chiens ne sont pas des animaux de compagnie, ce sont des chiens utilitaires, des travailleurs, dressés pour chasser et défendre le territoire. Celui de Nathan avait attaqué le jeune homme franchement et lui avait arraché un morceau de cuisse de la taille d'une pomme et, si on se fiait aux apparences, une motte de son artère fémorale.

« Sacré jeune imbécile, dit Nathan. Y me semble qu'on devrait appeler quelqu'un.

— Aucune raison de se hâter. » Je retirai mes doigts de la carotide du jeune homme. Dans le mouvement, quelque chose sur son avant-bras se refléta dans la lumière. Je relevai sa manche. « Tu vois quoi, là ? »

Nathan se pencha au-dessus de moi.

« Des numéros. »

Chapitre 18

Leur souvenir me revenait de mon enfance. J'avais six ans. Elles étaient partout. Recouvrant les arbres, escaladant les murs de la maison et la fosse du barbecue, grouillant sur les poteaux téléphoniques et électriques, se frayant un chemin le long du grillage des chenils. Là, elles émergeaient de leurs exuvies[1] et déployaient leurs ailes. Elles n'étaient pas là la nuit précédente. Et soudain, elles étaient des milliers : corps noirs de la taille d'une crevette, d'à peu près trois centimètres de long, ailes transparentes, yeux rouges. Les mâles commençaient à battre la mesure sur leurs flancs, et martelaient leurs abdomens creux comme des tambours. À mesure que le soleil s'échauffait, ils jouaient plus fort et frappaient plus dur. Les chiens, le chat sauvage qui vivait sous le garage, les poules, les oiseaux moqueurs et les geais bleus s'en remplissaient la

1. Exuvie : enveloppe quittée par le corps d'un animal (arthropode ou vertébré) au moment de la mue.

panse. Les gens aussi, dans certaines régions, m'avait dit papa.

Les gens du coin les appelaient encore des locustes. Mon ami Billy et moi collectionnions leurs exuvies sur les arbres et les murs et les alignions en rangs serrés sur les murs de nos chambres. Plus tard, j'appris leur vrai nom : des cigales. J'apprendrais qu'elles suivent des cycles de treize ou dix-sept ans, éclosent en mai, meurent toutes avant juin. Les mâles expirent peu après l'accouplement, à la suite de quoi la femelle s'installe dans un arbre, pratique jusqu'à cinquante entailles dans l'une des branches, où elle dépose de quatre cents à huit cents œufs. Une fois sa réserve d'œufs épuisée, elle meurt à son tour. Six à huit semaines plus tard, les larves éclosent et tombent à terre, s'enterrent à environ trente centimètres de la surface et se nourrissent de la sève des racines jusqu'à ce que leur tour vienne de faire surface, de se hisser, perdre leurs exuvies, déployer leurs ailes.

Presque tout cela, je l'appris quarante ans plus tard.

« Ce n'est pas un titre — c'est mon nom », me dit Bishop Holden[1] lors de notre première rencontre. Lui et moi avions le même âge. Je retrouvais les cigales, après cette première expérience enfantine, dans une jungle de l'autre côté de la planète, et Bishop attendait son tour pour passer devant la commission de conscription de son bled, où, au lieu

1. *Bishop* : évêque.

153

de tourner la tête et de tousser, comme il le lui avait été demandé, il avait attrapé la tête du docteur et lui avait planté un baiser humide sur les lèvres. On l'avait emmené, en train de brailler un discours incohérent où il était question de conspirations et de coups montés du gouvernement, et le tribunal avait demandé son internement à l'hôpital psychiatrique local. Il n'avait fait qu'entrer et sortir de l'un comme de l'autre la plus grande partie de sa vie. À sa dernière hospitalisation, pris de convulsions causées par une allergie aux médicaments qu'on lui avait administrés, il avait sectionné avec les dents le doigt d'un infirmier qui tentait de l'aider, et en avait gardé un certain goût pour la chair humaine. Il avait réussi à glaner un autre doigt, la moitié d'une oreille et un orteil avant de s'imposer un régime strict (comme il le disait lui-même).

Sa peau était celle d'une pomme de terre roseval récurée de frais, ses joues tombaient comme des poches de cuir. En treillis, cardigan et chaussures de toile, il me faisait penser à Mister Rogers[1].

« Vous vous y êtes préparé ? » demanda-t-il. Nos chaises étaient à angle droit, séparées par une petite table laquée. Je tournai la tête vers lui. Il tourna la sienne vers la fenêtre.

« Préparé à quoi, au juste ? demandai-je.

— Les cigales. Il est temps. Je les ai appelées. »

Appelées des profondeurs de la terre, dit-il ; et si

1. Fred Rogers (1928-2003), présentateur vedette de l'émission pour enfants *Mister Roger's Neighborhood*.

je ne devais jamais apprendre grand-chose au sujet de Bishop Holden dans l'heure qui suivit ou au cours des séances ultérieures (jusqu'à ce qu'un matin, il tranche d'un coup de dents le bracelet porte-bonheur au poignet de la jeune fille qui lui glissait son petit déjeuner à travers la vitre du guichet des ventes à emporter), j'en appris beaucoup sur les cigales.

Aujourd'hui, bien des années plus tard et quelques kilomètres plus au sud, leur heure était de nouveau venue.

Deux exuvies abandonnées, leurs éperons accrochés à la toile, étaient suspendues à la moustiquaire de la fenêtre de la cuisine lorsque je me levai le lendemain matin. On aurait dit qu'une armée de machines agricoles miniatures, de minuscules tracteurs et moissonneuses-batteuses avait envahi la cour.

Grâce à Bishop, je savais que trois espèces distinctes apparaissent toujours en même temps, et que chacune a non seulement un son bien particulier, mais également une heure de la journée préférée. Quelqu'un m'a dit une fois que leurs trois sons rappelaient respectivement le mot pharaon, le grésillement d'une poêle et un arrosoir automatique. Les cigales du matin, les grésillantes, étaient en pleine action.

« Mais c'est quoi, ce raffut ? » demanda J.T. depuis l'entrée. Je le lui dis.

Elle s'approcha dans mon dos et les observa comme elles pullulaient.

« Grands dieux. Ça arrive souvent ?

— Tous les dix-sept ans, réglé comme une horloge. Personne ne sait pourquoi. Ni comment, d'ailleurs. »

Je lui appris tout au sujet des cigales tandis que je sortais des œufs et du fromage de la glacière et versais du café à une imitation plutôt réussie de Val qui venait d'apparaître — ce qu'un écrivain serait tenté d'appeler une esquisse de travail. Je déposai une cuillerée de graisse de bacon dans une poêle, disposai du pain sous le gril du four qu'il me faudrait vraiment penser à nettoyer. Au moins, en enlever les miettes.

« Est-ce que j'ai bien entendu des voitures ? » demanda Val tandis que je lui versais une deuxième tasse. Le brouillon prenait forme.

« Doc Bly et son gars.

— Pas une livraison, j'imagine. » Doc s'occupait de la morgue. Il était également le coroner.

Tandis que je disposais le petit déjeuner sur la table, je leur parlai du jeune homme qui était mort près du lac.

« Il vivait dans les bois ?

— D'après Nathan, oui. Ils seraient plusieurs.

— Tu as une idée de ce que signifient les numéros ?

— Pas vraiment.

— Indélébiles ?

— On dirait bien.

— Pas juste de l'encre, alors, comme les gamins à l'école ?

— Pas aussi grossier. Pas du boulot de professionnel non plus, mais du travail soigné. En prison, il y avait des gars qui faisaient des tatouages contre de l'argent pour les clopes. Ils se servaient de la

156

pointe d'une corde de guitare et d'encre indélébile, ils prenaient leur temps. Certains sont devenus carrément doués. Voilà à quoi ça m'a fait penser, ce genre de savoir-faire.

— Nathan a une idée de ce que ces gens font là-haut ?

— Aucune.

— Mais maintenant il va te falloir le découvrir.

— On dirait bien.

— Je t'accompagne », dit J.T.

Une demi-heure plus tard nous dégagions les cigales du pare-brise du Chariot tandis que Val prenait la route pour se rendre à son travail. J.T. retourna à l'intérieur chercher la thermos de café que nous avions oubliée et revint en disant que le biper avait sonné pendant qu'elle était dans la maison.

« Sur la table », dit-elle.

Bien sûr.

Et bien sûr c'étaient les insectes. Qui créaient une pagaille monstre, me dit June. Ils pénétraient dans les maisons dont les fenêtres étaient restées ouvertes, dans les conduites d'eau, les boîtes à fusibles et les greniers. Ça lui rappelait ce film, *Gremlins*. Elle avait déjà reçu près d'une douzaine d'appels. Même si elle se demandait bien ce que nous pouvions y faire. Étais-je en route ?

« Oui », dis-je.

Le nouveau plan (expliquai-je à J.T.) était qu'on aille au bureau, une heure, deux tout au plus, pour arrondir les angles.

Le temps que Lonnie, J.T. et moi réussissions à

157

calmer tout le monde et à ramener un minimum d'ordre dans la ville, l'après-midi était bien avancé. Nos visites à domicile nous menèrent successivement dans une maison de retraite, où une cigale avait, Dieu sait comment, réussi à se loger dans la gorge d'une des pensionnaires qui en était morte étouffée ; chez une petite fille terrorisée à l'idée que les insectes allaient dévorer ses chatons nouveau-nés ; et enfin chez un Monsieur Murphy qui vivait seul dans une maison que je croyais abandonnée depuis longtemps. Les voisins avaient entendu des hurlements, J.T. et moi arrivâmes pour découvrir que monsieur Murphy avait une connaissance intime des insectes : lorsque nous le soulevâmes de son fauteuil roulant, des vers grouillaient au milieu d'escarres de la taille de soucoupes sur son postérieur, certains tombaient au sol, et on pouvait en voir d'autres à l'œuvre dans les coussins et parmi les barres métalliques du fauteuil. « Les petits me dérangent pas trop encore, dit-il, regardant tour à tour mon visage et celui de J.T., mais les gros, là, c'est une autre affaire. »

Donc, le *nouveau* nouveau plan était de déjeuner tardivement, puis de prendre le chemin des collines. Et comme il y avait des chances pour qu'on n'y soit pas avant la tombée de la nuit, je passai d'abord voir Nathan. Aucun risque que je m'aventure dans ces collines la nuit sans avoir avec moi quelqu'un qui les connaissait.

Chapitre 19

Nous nous garâmes près de la vieille égreneuse de coton abandonnée et empruntâmes la ligne de creux et de bosses qui formait le flanc de la montagne, une ascension plus aisée mais plus longue aussi. Le temps qu'on arrive à la cabane, il était quatre heures passées. Le propriétaire ne s'embarrassait pas trop de l'entretien. Tous les deux ans, il dégageait un espace autour de la baraque. Le reste du temps, les pins, arbustes et buissons, ainsi qu'une variété d'herbes et de fleurs sauvages, faisaient la loi. Le reste du temps était bien avancé.

Nathan émergea de derrière un chêne, le calibre 12 niché au creux du bras. Son chien sortit de sous l'abri en grognant puis, sur un sifflement presque inaudible de Nathan, y retourna.

« Tu défends le territoire ? demandai-je.

— Je me baladais.

— Chasse ?

— En quelque sorte. »

Il croisa le regard de J.T. et dit : « Mademoi-

159

selle. » Je fis les présentations. « J'ai trouvé le campement, continua-t-il, à p'têt' cinq kilomètres, quarante degrés nord/nord-est. C'est pas grand-chose, plus ou moins une moitié de cabane rafistolée contre laquelle y z'ont appuyé des appentis.

— Y en a combien ?

— Si tu parles des appentis, y en a trois. Si tu parles des gens, comme je le crois, alors je dirais plus ou moins une douzaine. Des gamins, c'est tout ce que j'ai vu. Tu vas y monter ? »

J'opinai. « J'peux te convaincre de venir ?

— J'y pensais. »

Nathan inclina instinctivement le canon de son fusil de dix degrés pour éviter une branche basse et disparut de nouveau sous les arbres.

Il nous fallut plus de deux heures pour arriver jusque là-haut. Le temps qu'on y parvienne, le soleil déclinait. Les appentis étaient faits de troncs de jeunes arbres liés par de la grosse ficelle, dont je vis plus tard un rouleau à l'intérieur de ce qui restait de la cabane originelle. Celle-ci n'était pas grand-chose au départ. Désormais il n'en restait plus que la moitié d'une pièce, les cinq sixièmes d'une cheminée, et un bout de toit. Quelques personnes étaient sur des bancs au-dehors — encore des jeunes troncs, posés sur des bûches entaillées.

L'une des résidentes, une femme qui pouvait avoir entre vingt-cinq et trente ans, comme tous les autres, était assise près d'un tas de racines de sassafras, qu'elle nettoyait avec un chiffon. Une autre écossait des haricots. Ils nous observaient silencieusement comme nous approchions. Un homme émergea d'un des appentis, marqua une pause, puis se redressa et vint à nous. Un autre, que je n'avais pas vu, alors que j'aurais dû, se laissa tomber d'une des basses branches d'un érable à l'orée de la clairière. Des bouts de planche étaient cloués au tronc et formaient une échelle.

Des planches bouchaient également le trou béant dans la façade de la maisonnette, trois en tout. En lettres capitales blanches et grossières : « Tous les pourquoi sont ici. »

« Dites-moi que vous n'êtes pas les ennuis que vous semblez être », dit l'homme de l'appentis, tendant une main que je serrai. Plus vieux que les autres, la trentaine passée, les yeux sombres, le front bas, une vilaine peau.

« Shérif adjoint, dis-je, mais n'ayez crainte. Pas le genre auquel vous pensez, en tout cas.

— Toujours bon à entendre. Isaiah Stillman. » Il inclinait la tête en direction de Nathan, qui se tenait en retrait à l'orée de la clairière, et dit : « Votre ami aussi est le bienvenu.

— Mon ami n'est pas très sociable.

— Hum. C'est lui qui vit plus bas sur la montagne ?

— Exact.

— Alors que pouvons-nous faire pour vous, monsieur l'adjoint ? Si on est… » Il s'arrêta, ses yeux plongés dans les miens. « Enfin, nous avons cru comprendre que cette terre était libre.

— Aussi libre que possible — pour le moment, en tout cas. »

Je fis une description du jeune homme qui était mort la nuit précédente près du lac, racontai à Stillman comment c'était arrivé.

« Je suis vraiment désolé de l'apprendre.

— Vous le connaissiez, alors ?

— Bien sûr. Kevin. On se demandait où il était passé cette fois. Incapable de rester en place très longtemps. Il partait un ou deux jours, une semaine. Mais il revenait toujours. »

La femme qui nettoyait les sassafras avait laissé tomber racines et chiffon et s'était approchée dans le dos de Stillman, s'appuyant sur son épaule. Lorsqu'il se retourna, ses lèvres bougèrent, mais aucun son n'en sortit. Il prit sa main, la posa contre sa gorge et dit : « C'est Kevin, Martha. Kevin est mort. » Sa bouche s'ouvrit et forma un *non* muet. Au bout d'un moment, elle retourna à son banc et à son travail. L'autre femme colla brièvement sa paume sur sa joue.

« Nous allons bientôt dîner, dit Stillman. Voulez-vous vous joindre à nous ? »

Ce que nous fîmes, nous attablant devant une infusion de sassafras tiédasse, des haricots, du riz au niébé…

« Notre version du John-qui-saute[1], dit Stillman.

1. À base de haricots, pieds et jarret de porc, le *Hopping John* « est traditionnellement cuisiné au nouvel an en Caroline du Sud » (cf. *La cuisine de la Série Noire*, Gallimard, 1999, p. 219).

— Intéressant.

— Assaisonné aux racines au lieu du porc salé ou du bacon, puisque nous sommes végétariens. »

... et ce qui devait être du *hoecake*[1], une spécialité dont, tout comme le John-qui-saute, j'avais entendu parler et sur laquelle j'avais lu des choses, mais à laquelle je n'avais jamais goûté.

« Délicieux. »

Ce qui fit froncer les sourcils de J.T. Revenu de son attitude distante, Nathan était occupé à saucer le jus des légumes avec des morceaux de *hoecake*.

« Nous comptons bientôt moudre notre propre farine de maïs », dit Stillman.

Mais bien sûr.

« Il faut que je prévienne la famille de votre ami », dis-je. Je me resservis une nouvelle cuillerée de John-qui-saute. On y prenait vite goût.

« Nous sommes sa famille, monsieur Turner.

— Pas de famille proche ?

— Son père l'a jeté dehors quand il avait quatorze ans. "Le vieux était ingénieur, disait toujours Kevin. Il savait comment les choses étaient censées marcher." Il a traîné en ville un an ou deux. De temps en temps, il voyait sa mère, et elle lui donnait un peu d'argent. Quand elle est morte, Kevin est parti pour de bon.

— Et vous autres ?

— Est-ce qu'on a de la famille, vous voulez dire ?

— Oui.

1. Gâteau à base de farine de maïs (spécialité du Sud).

— Certains oui, certains non. Pour nous, la famille, c'est... »

Se penchant sur la table de fortune, la jeune femme, qui était apparemment sourde et muette, fit le geste de balayer de la main d'invisibles et intempestifs déchets.

« Moira a raison, dit Stillman.

— Tu lui donnes toujours raison », dit l'un des autres.

Il l'ignora. « Le moment est mal choisi. D'ailleurs, la nuit tombe. J'imagine que vous allez vouloir rentrer.

— Effectivement.

— Vous et vos amis serez toujours les bienvenus ici. Vous pouvez vous occuper de l'enterrement de Kevin, ou est-ce que c'est à nous de le faire ?

— On peut s'en occuper.

— Nous paierons, bien sûr.

— Le comté...

— C'est notre responsabilité. Nous avons de l'argent, vous savez. »

Nous parcourûmes tous deux le camp des yeux, puis, réalisant ce que nous faisions, nous échangeâmes un sourire.

« Vraiment, dit-il. Ce n'est pas un problème, malgré les apparences. On attendra donc la facture. D'ici là, vous avez déjà toute notre reconnaissance. »

Moira leva une main en guise d'adieu. Nathan, J.T. et moi nous mîmes en route accompagnés d'une demi-lune et des cris des engoulevents, les collines que nous dévalions et avalions nous étiraient les jambes l'une après l'autre, comme des personnages de dessin animé, retournant à un monde dont l'étrangeté avait crû en notre absence.

Chapitre 20

« Je ne sais presque rien sur vous. »

Ses yeux allaient des miens à ma bouche, aller retour, sans flancher.

« Pourquoi devriez-vous en savoir plus ? »

Dehors, la pluie battait et transformait pelouses et allées en flaques de boue. Un oiseau moqueur se terra sur l'appui de la fenêtre, ses plumes trempées serrées contre son corps.

« Je viens ici toutes les semaines depuis, quoi, un an maintenant, et nous parlons. La plupart de mes relations ne durent pas aussi longtemps. »

Je laissai passer.

« Je ne sais presque rien sur vous. Et vous en savez tant sur moi.

— Seulement ce que vous avez bien voulu que je sache, et ce que vous m'avez dit vous-même.

— Voici une chose que vous ne savez pas. Lorsque j'étais petite, je devais avoir dix ans... » Elle resta songeuse un moment. « J'avais un ami, Gerry. Et j'avais ce T-shirt que j'avais commandé sur une boîte de céréales ou dans un magazine. Rien de spécial, quand j'y repense, juste un maillot fin et bon marché, bleu, avec "Wonder Girl" écrit dessus en lettres jaunes. Mais j'adorais ce T-shirt. Je l'avais attendu tous les jours, près de la boîte aux lettres. Ma mère était obligée de me le piquer dans ma chambre, la nuit, pendant que je dormais, rien que pour le laver… C'était l'été, et toute la journée il avait plu, comme aujourd'hui. Puis, en fin d'après-midi, ça s'était ralenti, ça tombait encore, mais sous forme de bruine. Gerry s'était mis à courir dans l'allée et à se laisser glisser dans l'énorme flaque de boue au fond. C'était la Géorgie, on n'avait pas de pavés, juste une allée en terre qui menait à la rue. Au début je ne voulais pas, mais j'ai essayé, et… la simple joie du jeu m'a gagnée. Gerry et moi on a continué à courir et à se laisser glisser tout le reste de l'après-midi. Mon T-shirt était fichu, bien sûr. Ma mère a tout essayé pour le ravoir. La dernière fois que je l'ai vu, il était sur le tas des chiffons. »

Ses yeux se détachèrent de la fenêtre.

« Pauvre chose.

— L'oiseau ? »

Elle acquiesça. Des conversations étouffées nous parvenaient du hall, indéchiffrables. Leur son rappelait beaucoup celui de la pluie.

« Vous devez avoir des genres de rapports à rendre.

— En effet.

— Dans ce cas, vous devez en avoir un à rendre bientôt. »

Au bout d'un moment je dis : « Ils ne vont pas vous rendre votre licence, mademoiselle Blake. »

Elle regarda sa montre, que par la force de l'habitude elle gardait encore accrochée à la poche de sa chemise. « Je sais. Je sais cela… Et je vous ai déjà demandé de m'appeler Cheryl. » Elle sourit. « Récemment, je me suis remise à lire. Vous connaissez cet auteur de science-fiction, Philip K. Dick ?

— Un peu.

— Vers la fin de sa vie, au cours d'un voyage au Canada, il a vécu une sorte de crise, un peu comme Poe sur ses derniers jours, peut-être. Il est revenu à lui dans un hôtel miteux et s'est présenté de lui-même dans un centre de désintoxication. Un autre patient du centre lui a raconté une histoire qui est immédiatement devenue le leitmotiv de Dick. Ce junkie va rendre visite à son vieux pote Léon, et arrivé à la maison de son ami, il demande aux gens s'il peut voir Léon. "Je suis désolé d'avoir à vous l'apprendre, dit l'un d'eux, mais Léon est mort. — Pas de problème, répond le junkie, je reviendrai jeudi." »

Elle se leva.

« À jeudi. »

Longtemps après qu'elle fut partie — mon client suivant avait annulé — je restai assis dans le silence. Finalement la pluie tombait moins fort et l'oiseau moqueur secoua vigoureusement ses plumes avant de s'envoler de l'appui de la fenêtre.

Alors qu'elle était infirmière diplômée dans un service de cancérologie, Cheryl Blake, qui gagnait

168

désormais sa vie en vendant des cosmétiques, avait injecté de la morphine à au moins trois patients. À son procès, lorsqu'il lui fut demandé si les patients lui avaient dit qu'ils désiraient mourir, sa réponse fut : « Ils n'avaient pas besoin de me le dire. Je savais. » Elle prit six ans. Deux jours avant Noël de l'année précédente, l'État l'avait libérée pour bonne conduite. Je la vis pour la première fois la veille du nouvel an.

Les souvenirs s'articulent sur de minuscules charnières. Un T-shirt chéri perdu depuis long-temps. Le couvre-lit de flanelle vert pâle passé et usé que j'avais enfant et dont je m'étais souvenu, des nuits durant, dans ma cellule. J'avais d'ailleurs été incarcéré un 31 décembre.

En prison, les arbres sont toujours à des kilomè-tres. Nous pouvions en voir depuis la cour, alignés comme un mirage sur l'horizon, tellement distants et irréels qu'ils auraient aussi bien pu se trouver sur une autre planète. À cette époque, ils étaient nus bien sûr, rien que des taches grises de troncs et de branches qui se détachaient sur le gris plus clair du ciel. Lorsque arrivait le printemps, leur verdure était une blessure.

Ce printemps-là, dans un coin de la cour, Danny Lillo planta les graines d'une pomme que sa fille lui avait apportée. Chaque jour, il plongeait la lou-che dans le réservoir qui contenait l'eau que nous buvions dans la cour, s'en remplissait la bouche et l'amenait jusqu'à ce coin. Semaine après semaine, nous l'observâmes. Nous vîmes le premier ovale d'une feuille percer le sol, la troisième paire de feuilles se parer de minuscules pointes. Puis, un après-midi, nous sortîmes et quelqu'un l'avait arrachée. Longue de peut-être huit centimètres, la pousse gisait sur le flanc, racines pendantes. Danny resta à la contempler un long moment. Chacun d'entre nous, qui avions déjà fait le deuil de tant de choses, celui qui l'avait plantée, ceux qui s'étaient contentés d'observer, celui qui l'avait arrachée — chacun d'entre nous avait perdu quelque chose que nous ne pouvions pas même définir, chacun d'entre nous ressentait quelque chose qui, comme tant d'autres dans cet endroit gris, n'avait pas de nom.

Chapitre 21

De retour dans ce monde, si étrange et familier à la fois, qu'était ma vie. Nulle trace de compréhension ou de révélation épiant à travers les lattes du plancher, la BO de mes journées vierge de tout hormis le fracas des souvenirs qui se mordent la queue. On se prend à souhaiter les trois accords d'une chanson de Hank Williams qui remettraient tout en place.

Inventaire : une vieille cabane que j'avais bien l'intention de restaurer, un boulot qui m'était tombé dessus, une poignée d'amis tout aussi inattendus. Et Val. Elle, je l'avais voulue. Peut-être pas au début, mais c'était venu.

Et toujours, le simple fait que j'aie survécu.

Miss Emily était contente de me voir de retour, j'en étais convaincu. Ses petits se débrouillaient désormais un peu trop bien tout seuls ; ils s'égaraient dans les recoins de la cabane, pas qu'il y en ait beaucoup, ou qu'on ne puisse localiser les petits à leurs couinements. Val, en sous-vêtements et T-shirt de Riley Puckett, dormait sur le divan. Lorsque je l'embrassai, elle leva les yeux, émergea le temps de me dire « J.T. a reçu un appel », puis se rendormit. Sa mallette était sur la table de la cuisine. Des étiquettes de dossiers en dépassaient. L'étui du banjo Whyte Laydie reposait sur le sol, près du meuble.

« Ils veulent que je revienne, dit J.T., de retour de la véranda après son coup de fil. Deux marshals ont rendu une petite visite à un homme dans son motel sur Saint Louis Avenue, et l'ont payée de leur vie. C'est la révolution. »

Elle prit un verre sur l'égouttoir de l'évier et la bouteille posée devant moi, s'assit à la table. Emily fit son entrée et s'assura que nous allions bien, humant l'air de son museau. Comme si son agaçante progéniture ne suffisait pas, fallait-il qu'elle garde l'œil sur nous aussi ?

« Je leur ai dit : pas question.

— Tu es sûre de ça ?

— J'en suis sûre. Ça t'embête ?

— Pas le moins du monde. C'est bon que tu sois là.

— De même. »

Je remplis à nouveau nos verres. « Écoute. »

La porte d'entrée était ouverte et elle regarda par là, à travers la moustiquaire. « Écoute quoi ? »

En effet. Trop calme. Pas même des grenouilles. Bien sûr, il était tout à fait envisageable que je sois devenu complètement parano.

Quoi qu'il en soit, nous restâmes assis là, nous bûmes un autre verre, sans qu'il se passe rien. Lorsque J.T. partit se coucher, je sortis le Whyte Laydie de son étui et l'amenai dehors, sur la véranda. Je caressais délicatement les cordes de mes doigts, quand je me souvins des chansons que jouait mon père, et son père avant lui, « Pretty Polly », « Mississippi Sawyer », « Napoleon Crossing the Rhine », me rappelant également le toucher de mon père. Les cordes continuaient à résonner longtemps après que je les avais touchées.

« J'avais », me dirait Isaiah Stillman lors de ma seconde visite, tandis que J.T. et Moira faisaient silencieusement connaissance, assises sur le banc, « le sentiment que ma vie était un livre que je n'avais fait que parcourir — un livre qui méritait, en dépit de son apparente insignifiance, d'être vraiment lu. Pendant ce temps, ma grand-mère était en train de mourir. Nous avions déménagé et je n'avais jamais eu l'occasion de la connaître. Je suis allé vivre avec elle — l'Iowa rural, une ferme dans un bled appelé Sharon Center, quatre maisons et un garage, pas grand monde en dehors des Amish — et je suis resté avec elle jusqu'à la fin. »

Serrant le Whyte Laydie contre moi, je me remémorais ma propre grand-mère qui, dans ma tendre enfance, avait refusé de reconnaître que le cancer qui la rongeait allait rapidement l'emporter. Elle avait ordonné à mon grand-père de marcher derrière elle afin qu'il puisse lui dire si sa robe portait des traces de sang. Que me restait-il d'elle ? Quelques brefs souvenirs, déformés par le temps. Mon grand-père, j'appris à le connaître lorsqu'il vint vivre avec nous, plus tard. Ni l'un ni l'autre de mes parents ne semblaient le moins du monde intéressés par ce qu'il avait à raconter. Moi, en revanche, j'étais fasciné, subjugué par ses histoires.

« À la fin, elle a été hospitalisée à Iowa City, dit Stillman. Pas qu'elle l'ait voulu, mais il y avait d'autres considérations. Debout à côté de son lit, j'observais les signaux sur le moniteur EKG, les collines qui se formaient les unes après les autres, et je les voyais comme des ondes, des ondes qui parcouraient le monde, qui devenaient des vagues, des vagues qui ne s'arrêteraient jamais. »

Mes grands-parents tenaient une épicerie de campagne. Un vieux billot de boucher dans l'arrière-boutique, la glacière pleine de porc salé, de bacon et autres pièces de viande bon marché, une sélection de barres chocolatées dans une vitrine, une autre de produits domestiques, des étagères de bois usées où s'empilaient des pyramides de conserves, l'inévitable distributeur de sodas avec les capsules de Coke, Pepsi, Nehi Grape et de boisson chocolatée qui vous faisaient de l'œil. La boisson désirée glissait le long de rails métalliques jusqu'au portillon, et on mettait sa pièce dans la fente. Les étés où je passais une semaine ou deux chez eux, ils me laissaient travailler dans la boutique. Je servais des Baby Ruth, des miches de pain blanc, des tubes de dentifrice, et les flacons trapus de déodorant Arid. Je tapotais avec grand plaisir la touche qui ouvrait le tiroir-caisse, rendais la monnaie. La plupart de nos clients étaient des Noirs qui travaillaient sur les fermes des environs. L'après-midi, les propriétaires blancs passaient à la boutique, se servaient un soda, s'asseyaient pour jouer les commères avec mes grands-parents.

« Tu parlais d'autres considérations, dis-je à Stillman.

— La famille du coin. En dépit de son mode de vie, ils étaient convaincus — vieille légende familiale — que mamie avait économisé d'énormes sommes d'argent. »

Moira vit que je regardais dans sa direction et elle agita la main en un salut approximatif. Quelques instants plus tard, J.T. fit de même.

« Le plus drôle, c'est que c'était vrai, dit Stillman. Près d'un million. Mais elle en avait déjà distribué une bonne partie. Imaginez dans quel état ça les a mis. »

Ce que je fis et, minable humain que je suis, ne pus m'empêcher d'y trouver du plaisir.

« Ce qui restait a été placé dans une œuvre que je supervise encore.

— Sans électricité ni téléphone ?

— Batteries. Satellites. Ordinateur portable.

— Dans quel monde on vit.

— Je m'y suis pris de la même manière pour trouver d'autres personnes comme moi. Ça a pris longtemps. Tandis qu'autrefois, ç'aurait été au petit bonheur la chance. » Il se leva et marcha jusqu'à l'orée de la clairière, puis revint. « Ma grand-mère avait douze ans lorsqu'elle est descendue du train à Auschwitz. Une enfant, qu'elle ne resterait pas longtemps. Elle a survécu. Pas ses parents ni ses deux frères et sœurs. »

Il remonta la manche de sa chemise et révéla les numéros qui se détachaient sur le muscle de son avant-bras. « Je les ai reproduits le plus fidèlement que j'ai pu. Beaucoup d'entre nous les portent. »

Chapitre 22

Les cigales étaient parties. Val perdit deux procès, en gagna un troisième, téléchargea sur Internet les tablatures d'« Eighth of January » et de « Cluck Old Hen ». La pestilence des magnolias envahissait tout, et les graines d'érable hélicoïdales descendaient en tournoyant sur nos têtes — ou bien était-ce plus tôt ? Lonnie démissionna. « Tu vois, Turner, si je le fais pas maintenant, je le ferai jamais. » Eldon avait une nouvelle guitare, une Stella des années trente avec incrustations de nacre sur la touche, sur laquelle quelqu'un avait monté un micro. « Elle vaut plus rien sur le marché des collectionneurs, mais elle a ce vieux son d'enfer. » J.T. passa son temps assise sur la véranda à taper du pied, à boire du thé glacé et à dire que les vacances c'était finalement pas mal du tout. Don Lee était sorti de l'hôpital et se faisait les deux heures de route jusqu'à Bentonville trois fois par semaine pour sa rééducation. Il avait essayé de reprendre le boulot quelques heures par jour. À la fin de la deuxième semaine,

June me prit à part. Lui et moi eûmes une conversation cet après-midi-là. Je lui dis qu'il était le meilleur avec lequel j'aie travaillé. « Mais tu n'es plus obligé de t'y coller, lui dis-je. Tu sais ça, pas vrai ? » Il regardait par la fenêtre, secouait la tête. « C'est pas que je veuille pas le faire, Turner, dit-il. Avec tout ce qui s'est passé, je veux le faire plus que jamais. C'est juste que je ne sais pas si j'en suis encore capable. »

Aucun vent mauvais ne soufflait depuis Memphis.

De toute évidence, j'étais un alarmiste.

La vie en ville suivait son cours. Frère Tripp de l'église baptiste fut aperçu en train de scruter l'intérieur des voitures sur l'un des parkings préférés de la jeunesse locale. Barry et Barb fermèrent leur quincaillerie après près de vingt ans de service. Les clients avaient pris l'habitude de faire les soixante-cinq kilomètres jusqu'au WalMart, dirent-ils, et de toute façon ils étaient fatigués. Thelma quitta son travail au Jay's Diner. Sally Johnson, élue reine du bal l'année passée, prit promptement sa place. Les après-midi calmes, j'essayais d'imaginer sa vie, à présent qu'elle n'était plus serveuse. À quoi pouvait ressembler sa maison ou son appartement, et que pouvait-elle bien y faire toute la journée ? Portait-elle toujours le même pull déformé par toutes ces années de pourboires alourdissant une seule poche ? Robert Poole, du magasin d'aliments pour animaux, quitta femme et enfants. Melinda trouva son mot sur la table de la cuisine quand elle rentra tard de son travail chez Mitty, le salon de beauté de la ville. *Pris la camionnette. Tout le reste est à toi. Rob.*

Tout le monde en ville savait ce qui s'était passé là-haut dans les collines, bien sûr, et les réactions étaient mitigées, les vieilles suspicions au sujet des étrangers, des jeunes et de tout ce qui revendique une différence côtoyant les déclarations ostentatoires. « Quelle tristesse, ce qui est arrivé à ce jeune homme ! » Lorsque vint le jour des funérailles, Isaiah Stillman et son groupe descendirent de leur camp, restèrent assis silencieusement tout au long de la cérémonie, puis se levèrent sans un mot et s'en allèrent. Plus d'une douzaine des habitants de la ville étaient également présents.

Lorsque Val me dit qu'elle songeait à quitter son emploi, je lui dis qu'elle était trop jeune pour la crise de la quarantaine.

« Eldon m'a proposé de prendre la route avec lui.

— Quoi, des reprises des dernières merdes sorties de Nashville ? Fier d'être un *redneck*, que Dieu bénisse les USA ?

— Tout le contraire, en fait. Il a acheté un mobile home, il veut habiter dedans, faire les festivals folk et bluegrass, pour y jouer de la musique traditionnelle. »

Voilà ce qui arrive quand on achète une guitare vieille de quatre-vingts ans, j'imagine. Tout d'un coup on ne peut plus se satisfaire de gagner sa vie en en jouant dans les *roadhouses*.

« Tu n'imagines pas à quel point ils sont nombreux, dit Val. Moi, en tout cas, je n'en savais rien.

Il y en a des centaines à travers tout le pays. On ferait du rétro. Des ballades, de la musique des montagnes, des chansons de la Carter Family. »

Pas de doute, ils formeraient une sacrée équipe. Un musicien noir de R'n'B urbain et une joueuse de banjo diplômée en droit de Tulane. Ils unissaient leurs forces pour rappeler à l'Amérique son héritage.

« Je ne m'attends pas à emmener le Whyte Laydie, bien sûr.

— Tu devrais, il est à toi. Mon grand-père serait heureux de savoir qu'il sert encore.

— Et à quel point il est vénéré ?

— Ça, ça lui poserait peut-être un problème. À l'époque, il l'a probablement commandé à l'épicerie locale, en versant un ou deux dollars par semaine. Les instruments étaient des outils, comme les pelles ou les poêles à frire. Faits pour aider les gens à s'en sortir. »

Nous étions sur la véranda, moi appuyé contre le mur, elle les pieds pendant dans le vide. Une lune claire au-dessus de nos têtes. Les insectes venaient se cogner aux moustiquaires et à la peau nue.

Val dit : « Je n'en serais jamais arrivée à ce stade de ma vie sans toi, tu sais.

— Bien.

— Je le pense. »

Je m'assis à ses côtés. Elle prit ma main.

« Tu n'as aucune idée à quel point tu as trouvé ta place ici, pas vrai ? Ou combien de gens t'aiment ? »

Je savais qu'*elle* m'aimait, et à l'idée de la perdre, je sentais des pitons s'enfoncer dans mon cœur. Les grimpeurs suivaient.

« Ce n'est pas juste une chose à laquelle tu songes, alors. »

Elle secoua la tête.

« Tu vas me manquer. »

Appuyée contre moi sous la clarté de la lune, elle demanda : « Ai-je vraiment besoin de dire quoi que ce soit à ce sujet ? »

Non.

Elle se leva. « Je vais passer les quelques jours qui restent à la maison, pour tout fermer. Qui sait, peut-être qu'un jour j'arriverai à finir de la remettre en état. »

Je la raccompagnai jusqu'à sa Volvo et retournai à ma vigie sur la véranda, pris rapidement conscience d'une présence proche. La porte-moustiquaire claqua doucement derrière J.T. lorsqu'elle sortit.

« Elle t'en a parlé, hein ?

— Pas très sympa, les cachotteries.

— Val m'a demandé de me taire. Je crois qu'elle n'était pas tout à fait sûre elle-même, jusqu'à maintenant. Cette lune est incroyable. » Elle avait une bouteille de Corona qu'elle me tendit. J'en pris une gorgée. « J'ai parlé avec mon lieutenant, aujourd'hui. »

Pas étonnant. Le Département appelait tous les jours et essayait de la convaincre de revenir. Exiger n'ayant servi à rien, on était passé aux implorations, aux appels à sa loyauté, aux bakchichs à peine déguisés, aux promesses de promotion.

« Tu vas partir bientôt, c'est ça ?

— Pas tout à fait. » Elle finit sa bière et posa la bouteille sur le plancher. « Tu ne voulais pas de la place de shérif, n'est-ce pas ?

— Le boulot de Lonnie ? Sans façon.

— Tant mieux. Parce que j'ai parlé à Sims, le maire, aujourd'hui, et je l'ai prise. »

Chapitre 23

De toute évidence, le temps des surprises était venu pour moi. Ainsi que celui des émotions contradictoires. Blessé à l'idée que Val allait partir, j'étais néanmoins heureux de savoir qu'elle allait faire ce qu'elle aimait le plus. Les deux émotions oscillaient comme sur un jeu de bascule, l'une s'élevant, l'autre retombant les pieds au sol — avant d'échanger leur place.

Et J.T. ? L'avoir comme patronne ? Eh bien…

Je me pris à me demander comment une fille comme elle, née et élevée en ville, s'intégrerait par ici. Puis je me rappelai comment elle et Moira s'étaient assises ensemble dans les collines et me dis qu'elle s'en sortirait très bien. Inutile de dire à quel point j'étais content de l'avoir dans les parages.

Je fus bien moins content lorsque Miss Emily rongea la moustiquaire au-dessus de l'évier et prit le large avec sa progéniture.

Parce que je considérais ça comme une trahison ?

Parce que c'était une nouvelle perte ? Ou simplement parce qu'elles me manqueraient ?

J'étais debout dans la cuisine, j'observais le trou dans la moustiquaire, lorsque J.T. passa me proposer de dîner. Elle avait emménagé dans une maison sur Mulberry, ou plus précisément dans une pièce. L'endroit était vide depuis longtemps, et le reste prendrait un certain temps. Mais le prix était intéressant. Son loyer mensuel équivalait à un bon dîner pour deux en ville.

« Ce sont des bêtes sauvages, p'pa, pas des animaux de compagnie. Tu t'attendais à ce qu'elle te laisse un mot, ou quoi ?

— Tu crois qu'elle est venue vivre avec nous juste pour s'assurer que ses petits seraient en sécurité ? Tout en sachant qu'elle allait partir après ?

— Je ne sais pas pourquoi, mais je doute que les opossums soient aussi calculateurs.

— Je pensais... » Me secouai : « Je ne sais pas à quoi je pensais.

— Bien. Dîner ?

— Pas ce soir. Ça ne t'embête pas ?

— Bien sûr que non. »

Quelque temps après qu'elle fut partie, mon deuxième bourbon descendu et le café en train de passer, la réponse appropriée me vint : « Mais on dormait ensemble, tu sais, Miss Emily et moi. »

Je fouinai à travers des piles de CD et de cassettes sur une étagère dans la pièce de devant, et trouvai ce que je cherchais.

C'était un de ces dimanches après-midi étirés et

apparemment sans fin du mois de mai. Nous avions fait griller du poulet et des steaks hachés un peu plus tôt et chacun se servait à son gré, *ad libitum* comme Val aimait à le dire, dans la glacière remplie de bières, agrémentant ces excursions de chips, bâtonnets de carotte, sauce froide, et salade de pommes de terre piochées dans le plat du bout des doigts. Eldon ouvrit l'étui de sa Gibson, Val alla chercher le Whyte Laydie à l'intérieur et ils se mirent à jouer. J'avais récemment sorti le lecteur-enregistreur de cassettes pour une raison ou une autre, et je l'installai sur le rebord de la fenêtre de la cuisine. À peu près à l'endroit où Miss Emily et son équipe avaient foré.

« Keep on the Sunny Side », « White House Blues », « Frankie and Albert ». Les paroles pouvaient être mélangées, déformées ou complètement oubliées, la musique n'en conservait pas moins sa puissance.

« On devrait faire ça plus souvent », dit Val tandis qu'ils faisaient une pause. J'avais laissé tourner le magnétophone.

« On devrait faire ça tout le temps. » Eldon leva son verre à confiture, moitié jus de canneberge, moitié eau gazeuse, pour trinquer. Seuls Val et moi nous servions dans la glacière.

Bientôt ils remirent ça.

« Banks of the Ohio », « Soldier's Joy », « It Wasn't God Who Made Honky-Tonk Angels. »

Je laissai tourner la bande et sortis sur la véranda. À peine quelques jours plus tôt je trouvais la mai-

185

son bien remplie. Et tout d'un coup, tout le monde était parti. Même Miss Emily. Val et Eldon se lancèrent dans « Home on the Range », Eldon joua de la slide sur un accordage standard et fit de son mieux pour imiter la guitare hawaïenne de Bob Kaai.

« Mais qu'est-ce que c'est que cette merde que tu écoutes ? dit une voix. Pas étonnant qu'on en veuille à ta peau, pauvre connard. »

Je plongeai en avant, dégageai la chaise derrière moi d'une ruade et lui, placé derrière, son garrot de fil d'acier pas encore tout à fait en place, suivit, s'étalant sur le dossier. Une position délicate. Avant qu'il ait l'occasion d'en sortir, je m'étais tourné sur moi-même et avais enserré son cou de mon bras, guettant d'autres bruits ou signes d'intrusion. Le garrot, une corde de piano avec des poignées en bois scotchées aux extrémités, reposait au bord de la véranda, comme un ustensile de jardinage.

« Simple asphyxie », dit Doc Oldham une heure plus tard.

Je me souvenais d'avoir serré durement avec mon bras, lui avais demandé s'il était seul, n'obtenant pas de réponse et reposant la question. Était-ce un contrat ? Qui l'avait envoyé ? Aucune réponse non plus. Puis j'avais pris conscience que son corps était devenu mou.

« Il n'avait visiblement pas envie d'avoir cette conversation avec toi », dit Doc Oldham, qui s'agrippa au rebord de la fenêtre pour se redresser avec peine, titubant tout du long et encore, une fois debout. « C'est du café que j'sens ?

— C'en était, en tout cas. Presque aussi foutu que ce gars-là, à mon avis.

— Hé, la nuit est bien avancée et je suis médecin. Tu crois que je suis vieux au point d'avoir oublié l'époque où j'étais interne ? Le café cramé, c'est du carburant pour nous autres — ce que je préfère. Ça et un bon coup de bourbon. »

Pendant ce temps-là, J.T. attendait, se faisant à l'idée qu'aucune autre voiture pie n'allait débarquer sur les chapeaux de roue, qu'il n'y aurait personne pour relever les empreintes, pas de police scientifique à appeler, pas d'officier de garde à qui refiler le bébé. Tout reposait sur elle.

Elle était assise à la table de la cuisine. Doc hocha la tête dans sa direction et dit « Asphyxie », se versa du café et prit le verre de bourbon que je lui tendais.

« Dure première journée, dis-je.

— Techniquement, je n'ai pas encore commencé.

— J'espère que tu as bien dîné, au moins.

— Poulet à l'étouffée spécial.

— On dirait que tu n'es pas encore tout à fait installée.

— Lâche-moi. J'essaie encore de trouver la cuisine. D'ailleurs, puisqu'on en parle, ce café est vraiment dégueu.

— Fais pas attention à elle, Turner, dit Doc Oldham, qui s'en reversa une tasse. Il est délicieux.

— J'imagine qu'il n'a pas de papiers sur lui, dit J.T.

— Ces gars-là se baladent pas avec leur passeport. Il reste un peu plus de mille dollars dans la pince à billets, dans sa poche de pantalon gauche, et un autre millier dans la fausse semelle de sa chaussure. Un permis de conduire qui a l'air d'avoir été fabriqué hier.

— Ce qui est probablement le cas. Donc, nous n'avons aucun moyen de remonter jusqu'à une quelconque chambre d'hôtel, puisqu'il n'y en a pas. Et en l'absence de gare routière ou d'aéroport...

— Pas d'aéroport ? Et Stanley Municipal, alors ?

— ... pas de piste papier. » Elle prit une gorgée de café et fit la grimace. « Rien de ce que j'ai appris ne m'est d'une quelconque utilité ici.

— Ce que tu sais est rarement utile. C'est le reste qui compte — toutes ces heures passées sur l'affaire, les interrogatoires, les gens que tu rencontres, les instincts que tout cela développe. C'est ça qui est utile.

— Tu as appris tout ça en cours de psychologie ?

— Je le tiens d'Eldon, en fait. Tu peux passer des heures à faire tes gammes, à apprendre des morceaux, m'a-t-il dit, quand tu montes sur scène pour y jouer, rien de tout cela n'a d'importance. L'endroit d'où tu démarres et l'endroit où tu finis par arriver n'ont que peu de rapports entre eux. En attendant nous avons ceci », ajoutai-je tandis que je le faisais passer.

Je lui laissai un petit moment.

« Ce qu'il faut se demander c'est, ce gars est un pro, pas vrai ? Du début à la fin il recouvre ses traces. C'est comme ça qu'il fonctionne. Pas de portefeuille, des faux papiers s'il en a, c'est un fantôme, un mirage. Alors comment se fait-il qu'on retrouve la souche d'un billet d'avion dans sa poche inté-rieure ?

— Négligence ?

— Possible, bien sûr. Mais est-ce plausible ? »

J'étais, après tout, un alarmiste déclaré, voire un parano, un homme connu pour avoir accusé un opossum de calculs.

Ce n'était que la souche déchirée d'une carte d'embarquement, quelque chose de facile à oublier. Un rapide coup d'œil pour identifier la rangée et le numéro de siège, et vous le rempochez juste au cas où. Vous le retrouvez la fois suivante, quand vous remettez la veste.

Mais je ne faisais pas mes gammes. J'étais là-haut, sur scène, je jouais. Et à en croire la lueur qui brillait dans son œil, J.T. aussi.

Chapitre 24

Son nom, ou du moins l'un des noms qu'il utilisait, était Marc Bruhn, et il était venu par le vol de nuit, direct, de Newark à Little Rock. Billet payé cash, aller retour, pas de fioritures. Ces gars-là jouent la discrétion. En recoupant son heure d'arrivée et les registres de comptoir, en dépit de la fausse identité et bien qu'il ait donné Oxford, Mississippi, comme destination, J.T. avait réussi à remonter jusqu'à la voiture de location.

« Voilà ce qui m'a mis sur sa piste. Qui diable passerait par Little Rock plutôt que Memphis pour aller à Oxford ?

— Hé, il est du New Jersey, n'oublie pas. »

Nous trouvâmes la voiture sous un bosquet d'arbres de l'autre côté du lac. Il restait la moitié d'un pack de six bouteilles d'eau sur le plancher, un paquet de gâteaux Little Debbie intact sur le siège du passager et une cassette de développement personnel dans le lecteur.

June parvint à repérer de précédentes transactions au nom de Marc Bruhn, Mark Brown, Matt Bowen et autres pseudonymes probables. Newark International, JFK et La Guardia ; Gary, Indiana, et Detroit tout proche ; Oklahoma City, Dallas, Phoenix, Seattle, Saint Louis, L.A.

« Voilà, je ne peux pas aller plus loin. »

Mais si douées que soient J.T. et June, Isaiah Stillman se révéla plus fort.

« Vous m'avez dit pouvoir gérer une fondation via Internet, lui dis-je au cours d'une visite ce soir-là. Et que c'est comme ça que vous aviez mis tout cela en place.

— Oui, monsieur. » Je lui avais demandé de laisser tomber le « monsieur », mais en vain. « J'ai grandi boiteux, une jambe coincée dans un modem. Internet est l'autre monde dans lequel je vis. »

Je lui parlai de Bruhn, des meurtres. « On fait du surplace, lui dis-je, on colorie des cases, puisqu'on est à peu près sûr de savoir qui l'a envoyé. Mais nous n'avons pu aller au-delà d'une poignée de faits et de soupçons élémentaires.

— Nous prenons le droit de l'individu à la confidentialité très au sérieux, monsieur Turner.

— Je le sais.

— D'un autre côté, nous avons une dette envers vous. Et quelle que soit la distance que nous tenions à observer, cette communauté est celle où nous avons choisi de vivre, ce qui implique certaines responsabilités. »

Nos yeux se rencontrèrent, puis les siens s'égarèrent vers les arbres autour de nous : l'échelle rudimentaire, la maison dans les arbres bâtie pour les enfants à venir.

« Excusez-moi. »

Il entra dans l'un des appentis, en émergea avec un ordinateur portable.

« Moira me dit que Miss Emily est partie.

— Et Val.

— Val reviendra. Pas Miss Emily. Marc, c'est ça ? Avec un *c* ou un *k* ? B-R-U-H-N ? » Les doigts dévalaient les touches. « Historique commercial — que vous possédez déjà. Liste des Bruhn par répartition géographique, y compris les orthographes alternatives... Voilà, c'est là, circonscrit à la région New York-New Jersey... Si vous voulez une copie vous n'avez qu'à le dire.

— Je ne vois pas d'imprimante.

— Pas de problème. Je peux envoyer tout ça à votre bureau. »

Vraiment ? Je n'en savais rien.

« Et maintenant, passons aux choses sérieuses. Je rentre le nom... les transactions commerciales dont nous avons connaissance... la liste de New Jersey-New York... et quelques points d'interrogation. Comme des hameçons. » Ses doigts s'immobilisèrent. « Voyons ce qu'on va ramener. »

Des lignes de ce que je supposais être un code serpentaient régulièrement sur l'écran. Rien qui ait le moindre sens pour moi.

« C'est parti. » Stillman appuya encore sur quelques touches. « On dirait que votre homme place des encarts dans plusieurs revues spécialisées.

Magazines d'armement, d'aventure et autres. Pas très malin de sa part.

— Les criminels malins sont tous PDG.

— Pas de trace sur Internet que je puisse... » Les mains de Stillman bondirent sur le clavier. « Il y a un veilleur. »

Je secouai la tête.

« Une sentinelle, un pare-feu d'un genre particulier. Les points d'interrogation que j'ai entrés, les hameçons — ça équivaut à ouvrir une série de portes. Nous étions en train d'en passer une lorsque l'alarme s'est déclenchée. Je me suis éjecté assez rapidement, alors il y a de bonnes chances que le veilleur n'ait pas pu m'identifier. Je ferais probablement mieux de ne pas me connecter pendant un petit moment, malgré tout. » Il éteignit l'ordinateur et rabattit l'écran. « Une tasse de thé avant de partir ? »

Nous nous assîmes sur le banc, tout le monde était déjà couché à cette heure-là. Je rapprochai le *mug* de mon visage, humai le riche arôme et me délectai de la sensation de vapeur sur ma peau. Stillman toucha mon épaule et me montra le ciel du doigt tandis qu'une étoile filante traçait une parabole au-dessus des arbres. *Big star fallin, mama ain't long fore day... Maybe the sunshine'll drive my blues away*[1]. Mes yeux se posèrent sur les panneaux cloués au-dessus des appentis et sur les inscriptions qui y

1. « Grande étoile qui tombe, il fera jour bientôt... Le soleil va peut-être chasser mon blues. »

étaient apposées. Les yeux de Stillman suivaient les miens.

« Je voulais vous demander ce que c'était.

— On l'a posé dès qu'on a installé le campement. » Il sirotait son thé avec cette étrange intensité qu'il mettait dans presque tous ses actes — comme si cette tasse de thé pouvait être la dernière. « Cela vient de ma grand-mère, comme tant d'autres choses. »

Il se pencha pour attraper la théière sur le sol — en céramique, fabrication Moira, couleur lavande — et emplit de nouveau nos *mugs*.

« *Hier ist kein Warum*. C'est ce que lui a dit un garde le premier matin, au camp, quand il lui apporta un morceau de pain sec. Ici il n'y a pas de pourquoi. D'une certaine manière, il essayait d'être gentil, m'a-t-elle dit. »

L'esprit plein de pensées tourbillonnantes sur la gentillesse et la cruauté et les ravages des idées, je repris le chemin de ma maison récemment vidée, tout à fait confiant désormais en ma capacité à trouver mon chemin sans l'aide d'un guide, quoique à un moment j'aurais juré voir Nathan, qui m'observait sous couvert des arbres, pour s'assurer que je m'en sortais sans encombre. Mon imagination, bien sûr. Cette même nuit, je crus également voir Miss Emily dans la cour, ce qui aurait pu n'être que l'ombre d'un rameau : le vent et le clair de lune s'alliaient précautionneusement afin de créer de la substance.

Chapitre 25

Herb Danziger m'appela ce matin-là pour m'annoncer que l'exécution avait eu lieu et que Lou Winter était mort. Je l'en remerciai. Herb me dit de venir le voir un de ces quatre avant que lui et son infirmière s'enfuient ensemble. Je lui demandai combien de temps ça prendrait et il me dit que je ferais bien de me dépêcher. Je raccrochai sans avoir la moindre idée de ce que je ressentais.

Je songeai à un patient que j'avais eu à Memphis. Il était entré le jour de ce premier rendez-vous vêtu d'un costume à cinq cents dollars, d'une cravate de soie, et de chaussures en cuir de Cordoue tellement bien cirées qu'on aurait pu le croire chaussé de deux violons. « Harris. C'est le seul nom que j'utilise. » Il me serra la main, prit place dans le fauteuil et dit : « Ammoniaque.

— Pardon ?

— Ammoniaque. »

Je regardai autour de moi.

« Pas ici. Ou plutôt, si : ici. Partout, en fait. C'est ça le problème. »

La lumière qui tombait de la fenêtre noyait ses traits. Je me levai pour tirer les stores.

« Partout », répéta-t-il tandis que je me rasseyais. Ses yeux étaient comme deux corbeaux perchés.

Huit semaines et demie plus tôt, il farfouillait dans une pile de cartons d'archives au sous-sol, à la recherche de vieux papiers, quand une odeur d'ammoniaque l'avait soudainement assailli. Aucune origine identifiable à cette odeur ; il avait vérifié. Mais l'odeur s'était attachée à lui depuis ce moment-là. Il avait consulté son généraliste, puis s'était fait recommander à un interne en médecine, un allergologue et un endocrinologue. À présent il était ici.

Je posai les questions évidentes, celles qui constituent le gros du travail des thérapeutes. Quels papiers cherchait-il ? Il balaya la question en homme accoutumé de longue date à ignorer les balivernes et à se concentrer sur le côté pratique des choses, et continua à parler de la puanteur, à quel point elle se montrait parfois envahissante, et comment, à d'autres moments, il pouvait presque se convaincre qu'elle l'avait quitté.

Séance après séance, en l'espace de quelques semaines, comme au ralenti, je vis sa tenue et son maintien se dégrader progressivement. Ce premier rendez-vous avait été fixé par une secrétaire. Lorsque, quelques mois plus tard, une urgence sur les bras, je tentai de joindre Harris pour annuler une séance, j'appris que son téléphone avait été coupé.

L'aplomb et la ponctualité des premières visites cédèrent le pas aux retards et à ce qui ressemblait de plus en plus à un monologue ininterrompu. Lorsqu'il marquait une pause, ce n'était pas pour écouter une réponse de ma part, mais quelque chose qui venait de son for intérieur. Le cours de sa pensée s'envolait, le laissant sur place. Il commença à ne plus sentir trop bon (comme l'avait formulé un compagnon de chambrée au sujet des latrines de la compagnie).

La dernière fois que je le vis, il scruta farouchement la pièce de derrière, porte grande ouverte, entra, s'assit, et dit : « J'ai été touché par le feu des soldats de la Fortune. »

J'attendis.

« Pas mortellement, je pense — pas tout à fait. Mais les pertes sont élevées. »

Il sourit.

« Je perds mon sang, capitaine. Je ne suis pas sûr de pouvoir regagner la base. » Tandis qu'il souriait à nouveau, je me rappelai ses yeux la première fois, la vivacité, la détermination qui les habitaient. « C'était un bulletin de notes. »

Comme je ne comprenais pas, je secouai la tête.

« Ce que je cherchais dans le sous-sol. C'était un bulletin de notes de quatrième, le dernier avant la fin de l'année. Trois années de collège et je n'avais eu que des A, mais certains professeurs se sont concertés et se sont dit que ce n'était pas une si bonne idée. J'ai reçu mon bulletin de notes dans cette petite enveloppe marron, je l'ai ouverte, et il y avait deux B+ dessus, en histoire et en maths. Juste comme ça.

— Je suis désolé.

— Désolé. Ouais… Vous savez ce que j'ai fait ? J'ai rigolé. Je m'étais toujours douté que le monde ne tenait pas si bien que ça debout. Désormais, j'en avais la preuve. »

Après son départ, je restai assis à réfléchir. Le monde est une présence écrasante contre laquelle diriger sa rancœur, mais c'est exactement ce que font quantité de gens. En prison, l'air était chargé de rancœurs, tellement chargé qu'on avait du mal à respirer, qu'on peinait à en parcourir les corridors, des vies d'hommes réduites en poussière sous leur poids. D'un autre côté, c'était peut-être ce qui avait en partie motivé Harris pendant toutes ces années. Jusqu'à ce que ça s'épuise, que ça cesse de fonctionner, comme tant d'autres choses.

Un peu plus d'une semaine plus tard, on m'avisa que Harris avait été arrêté par la police et placé par le tribunal à l'hôpital d'État. Il avait déclaré qu'il n'avait aucune famille, et donné mon nom. J'avais bien l'intention d'aller le voir, mais avant que j'en aie l'occasion, il s'introduisit dans la réserve du gardien et but la quasi-totalité d'une bouteille de Drano[1].

« Tout va bien, adjoint ? »

Je m'éloignai du bureau et fis pivoter mon fauteuil. J.T. s'était mise à m'appeler ainsi depuis peu.

1. Liquide pour déboucher tuyaux et canalisations.

Ce qui avait été au début une plaisanterie avait fini par devenir une habitude. Je lui parlai de Lou Winter. Elle vint à moi et posa sa main sur mon bras.

« Je suis désolée, papa. »

De l'autre main, elle tenait une série de feuilles imprimées.

« Alors Stillman a réussi à nous envoyer tout ça.

— Ce n'est pas de la magie, tu sais. »

À ce jour, je n'en suis toujours pas convaincu. Mais je passai la plus grande partie des deux heures suivantes penché sur ces documents, essayant d'y trouver quelque chose que Stillman n'aurait pas vu, un coin, un rebord qui dépasserait de quelques centimètres, une faille quelconque. Je me remémorai une réplique qu'une de mes professeurs à la fac appliquait à toutes les situations. Vous débarquiez avec une de ces grandes théories que vous aviez soigneusement élaborée et elle vous écoutait attentivement. Puis, une fois que vous aviez fini, elle disait : « Des feux follets, monsieur Turner. Rien d'autre que des feux follets. »

Vers onze heures, mes feux follets et moi-même allâmes jusqu'au Jay's Diner. La grande controverse qui faisait rage, ce jour-là, semblait être de savoir si l'hypermarché sur la grande route de Poplar Bluff allait vraiment ouvrir un jour. Le parking avait reçu son revêtement et les fondations avaient été posées depuis des mois, des murs, comme de gigantesques pièces de puzzle, avaient commencé à s'élever, puis tout s'était arrêté — à cause de l'effondrement du réseau sophistiqué des pots-de-vin du comté et des dessous-de-table de l'État, pensaient la majorité des gens. Je bus mon café et écoutai la rumeur autour de moi, remarquant à quel point tout, derrière la vitre, semblait passé à l'eau de Javel, comme composé d'uniquement deux couleurs, toutes deux délavées. Mais ça venait de moi, pas de la lumière.

Où avais-je lu *les bouteilles brisées que sont nos vies* ?

« T'es au courant, pour Sissy Coopersmith ? »

Sy Butts se glissa à côté de moi dans le box. Il portait cette vieille veste de chasse en toile depuis qu'il était gosse, à ce que tout le monde disait. À présent Sy n'était pas loin de la soixantaine. Les poches censées contenir le petit gibier avaient depuis longtemps disparu, la lumière du jour perçait au travers d'innombrables petites ouvertures.

Je secouai la tête.

Sally lui apporta son café et remplit ma tasse pour la troisième ou la quatrième fois.

« Tu sais qu'elle travaillait comme aide-soignante à domicile ? Elle allait chez les uns et les autres pour s'occuper des vieux. Y en a pour dire qu'elle avait un don pour ça. Puis elle économisait ses sous pour aller à un séminaire du côté de West Memphis, par là. Qui s'est tenu la semaine dernière. Elle est montée dans le bus vendredi matin et pas de nouvelles depuis… J'suis un peu surpris que Lon et Sandra soient pas passés te voir.

— Elle a quoi, vingt-cinq, vingt-six ans ? À part remplir un signalement de personne disparue, je vois pas bien ce qu'ils peuvent faire.

— Y z'ont jamais pu en tirer grand-chose, de cette gamine. Douce comme du cidre frais, mais la tête dure.

— Y en aurait pour dire que c'est une bonne chose.

— Y en a pour dire n'importe quoi. »

Doc Oldham passa devant la vitre, et, m'apercevant, fit un rapide pas de danse en guise de salutation. Puis, inexplicablement, me mit en joue de son doigt.

Sy regarda le Doc, puis me regarda. Je haussai les épaules. Sy m'en dit un peu plus sur la tête dure de Sissy.

Doc Oldham franchit la porte de la cabane cette nuit-là, une demi-heure après moi. Il ne frappa pas, et pour je ne sais quelle raison je ne l'avais pas entendu venir, ce qui était fort surprenant vu le vieux pick-up Ford pétaradant qu'il conduisait depuis l'époque où Nixon et McCarthy étaient copains comme cochons.

« Cette route donne sacrément soif », dit-il.

Je versai du bourbon dans un verre à confiture et le lui tendis. Les verres, avec leurs renflements et leurs rebords, étaient sous l'évier lorsque j'avais acheté l'endroit. Je n'avais pas vu de verres à confiture depuis que j'étais parti de chez moi.

« Alors qu'est-ce qui vous amène jusqu'ici ? »

Il descendit le bourbon en une seule gorgée, lorgna au fond du verre, comme au travers d'une lentille, l'unique goutte qui y demeurait.

« Suis venu pour ton test d'aptitude physique.

— C'est une blague ?

— Non. Le règlement dit deux fois par an. Quand est-ce qu'on a fait le dernier ?

— Jamais.

— Exactement. »

Je savais depuis longtemps qu'en dépit de son apparente insouciance, une fois que le Doc avait quelque chose en tête, ça n'en sortait pas. Donc, tandis qu'il extrayait divers instruments de son sac de médecin en gros cuir (« Un vrai, il date de juste après la guerre. Quelques bons vieux Sudistes ont abattu son propriétaire d'origine à Hattiesburg »), je m'extrayais, selon ses instructions, d'une bonne partie de mes vêtements.

Il me tâta et me sonda en grommelant pour lui-même, et nous en vînmes à bout tant bien que mal, moi puisant dans une force d'âme bien rodée et Doc dans mon bourbon. « Pas mal, dit-il à la fin, pour un homme de… oh, Dieu sait quel âge tu as. Surveille ton alimentation, bois moins… » — ceci tandis qu'il vidait le fond de la bouteille dans son verre — « et tu devrais peut-être penser à te trouver un hobby, quelque chose qui exige une dépense physique. Comme la danse.

— La danse, hein ?

— Ouaip.

— Et porter un vieillard dehors et le jeter dans le lac, ça pourrait marcher ? »

Il réfléchit. « Eh bien, évidemment, pour que ce soit bénéfique, il faudrait que ce soit un geste répété. » Il jeta le stéthoscope et le petit marteau dans son sac puis, s'apercevant que le sphygmomanomètre était encore enroulé autour de mon bras, il le détacha et l'y plongea également. « Dans un jour ou deux, j'enverrai une copie de mon rapport au bureau. Ça prendra un peu plus de temps pour les analyses, faut que j'envoie ça à l'hôpital à Greer Bay. Autrefois je le faisais moi-même, mais j'ai plus la patience. »

Doc se dirigea vers la porte, de son pas toujours aussi léger : les murs en tremblaient.

« Fallait que ça soit fait ce soir, pas vrai ? »

Il se retourna. « Je case les choses comme je peux.

— Mais bien sûr. »

Nos regards se croisèrent. Nous gardâmes tous deux le silence un moment.

« J'ai entendu dire que Val allait peut-être mettre les voiles. »

— Il semblerait que le "peut-être" soit de trop. Juste une faveur, Doc : ne me demandez pas ce que je ressens, d'accord ?

— Je n'y songerais même pas. Désolé tout de même. »

Les murs tremblèrent de nouveau. Je jetai un œil au travers de la moustiquaire et le vis assis immobile au volant de son camion. Puis j'entendis le vieux Ford tousser et grincer. Je l'écoutai descendre la route et contourner le lac.

Le téléphone sonna peu de temps après. Je pris mon temps pour quitter la véranda. Il cessa de sonner au moment où je m'en approchais, puis remit ça tandis que je me versais un verre pour l'emmener dehors.

« T'as oublié ton biper, dit J.T. lorsque je décrochai.

— J'espère que tu…

— Laisse tomber. Retrouve-moi au campement.

— Chez Stillman, tu veux dire.

— C'est ça. On vient de recevoir un appel. Un peu confus, mais je crois que c'était Moira. »

Chapitre 26

Avant de venir ici, pour des raisons qui m'échappent encore — une de ces idées hasardeuses et dénuées de sens qui nous envahissent parfois, surtout, semble-t-il, à l'âge mûr —, je suis rentré chez moi. Ou plutôt, là où j'ai grandi.

Ça n'avait jamais été terrible, comme ville. À présent ce n'était plus terrible du tout. Une grande partie des vitrines des boutiques sur Main Street étaient occultées par des planches. Les propriétaires étaient assis sur des pliants devant celles qui restaient, leurs têtes suivant lentement mon mouvement tandis que je progressais le long du trottoir fissuré de l'autre côté de la rue. Il manquait une traverse sur trois à la voie ferrée, les rails mêmes étaient envahis de végétation. Une pointe métallique traînait encore au sol, près de la peau momifiée d'un lézard, et je me penchai pour la ramasser. Son poids, sa solidité semblaient étrangement déplacés au milieu de ce paysage abandonné et éteint. Du Blue Moon Café, dont la véranda et les mystérieuses profondeurs avaient été peuplées tout au long de mon enfance par des hommes noirs qui mangeaient des sandwiches rouges à la sauce barbecue et buvaient des bouteilles de soda carrées, ne restaient que des moignons de murs, comme une rangée de dents du bas brisées. À l'extérieur de la ville, l'épicerie de campagne où mes grands-parents avaient passé dix-huit heures chaque jour de leur vie d'adulte était devenue l'église Abyssinian Holy God, une grossière croix blanche clouée sur la devanture.

Je marchais le long de la digue et songeais à toutes les fois où je m'étais assis ici avec Al, nos deux silhouettes se détachant sur le ciel tandis que la ville vaquait à ses affaires autour et sous nous. Les anciens parlaient encore de la grande crue de 1908, mais le fleuve, longtemps avant la ville elle-même, avait commencé à s'assécher, et on pouvait désormais, si on y prenait garde, effectuer la traversée à pied sans que l'eau monte jamais au-dessus de la ceinture.

Tout comme moi, la ville tombait lentement vers le centre de la terre.

Comment se fait-il que, si souvent, nous ne commencions à identifier quelque chose — à en éprouver le désir, et à comprendre son caractère unique — qu'au moment où elle change irrévocablement et nous échappe ?

Ma vie dans ma cabane et en ville, par exemple. Ma famille.

J.T.

Val.

Je n'y pensais pas ce jour-là près du fleuve, bien sûr, puisque rien n'était encore arrivé, mais il est certain que je l'avais en tête le matin où, debout sur une colline, j'observais le campement de Stillman à mes pieds.

Une autre des choses qui me venaient à l'esprit, en ces deux occasions, c'était que toute ma vie, dans la jungle, dans les rues lorsque j'étais flic, en prison, mes années de thérapeute, même l'endroit où j'avais grandi — toute ma vie, j'avais vécu en décalage avec le vaste monde, titubant toujours aux frontières, aux limites. Ce n'était pas un choix de ma part ; simplement l'endroit où je semblais toujours devoir me retrouver.

En tant que thérapeute, évidemment, j'aurais été prompt à relever que nous faisons toujours nos propres choix, et que ne pas les faire était une façon de choisir comme une autre. Ce genre de parole pieuse était l'une des raisons pour lesquelles j'avais arrêté. C'est trop facile une fois qu'on connaît les astuces. Au début, on pense qu'on est en train de découvrir une nouvelle façon d'envisager le monde, mais ce n'est jamais que l'apprentissage d'un langage — un langage dangereux dont l'étroitesse même vous conduit à croire que vous comprenez les raisons pour lesquelles les gens agissent comme ils le font.

Mais c'est faux. Nous comprenons si peu de tant de choses.

Ainsi, pourquoi vouloir causer la ruine et la dévastation que j'observais à mes pieds dans le clair de lune ?

J.T. remonta la colline jusqu'à moi et glissa un peu dans l'herbe humide. Je mis un frein à mon penchant pour les remarques pertinentes au sujet des gens de la ville.

« Qu'est-ce que tu en penses ? »

Plus ou moins la même chose qu'elle, à ce stade.

Les gosses, plus bas, fouillaient les débris. En dépit de mes meilleures intentions, je n'arrivais pas à les qualifier autrement. De la fumée s'échappait de la cabane et s'élevait sous la lune. Ils étaient revenus en groupes irréguliers peu après notre arrivée — tous sauf Stillman qui, après avoir envoyé les autres se cacher dans les bois, était resté pour faire face aux intrus.

Nous n'entendîmes pas Nathan jusqu'à ce qu'il soit quasiment à nos côtés.

« Il manque quelqu'un ? »

Il portait son fusil au creux du bras, le canon cassé. Mon père et mon grand-père faisaient toujours de même.

« Le garçon est à moins de deux bornes d'ici.

— Il va bien ? »

Nathan contempla ce qui restait du camp. « Ça ira. Faudra lui mettre une attelle à la jambe avant de le bouger. »

J.T. et moi échangeâmes un coup d'œil. « Tu as vu qui a fait ça ? » demanda-t-elle.

Nathan acquiesça.

« Z'étaient trois. J'ai vu les autres s'éloigner et je me suis dit que ça irait pour eux. Le garçon, celui qui semble plus ou moins diriger…

— Isaiah.

— Lui et ceux qui ont fait ça, je les ai suivis. Me suis dit, au cas où… » Il haussa une épaule, leva la crosse du fusil de quelques centimètres, puis, sans ajouter un mot, il tourna les talons et s'enfonça sous les arbres. Nous le suivîmes.

« Me fais pas croire que tu sors chasser à cette heure de la nuit.

— Habituellement, non. »

Je m'arrêtai et posai une main sur son épaule. Je doute que quiconque l'ait touché depuis des années. Il baissa les yeux vers ma main, probablement aussi surpris que moi, mais sans rien en laisser paraître sur son visage.

« J'gardais l'œil sur eux, dit-il. D'une manière ou d'une autre, tu savais qu'ils auraient des problèmes.

— L'œil sur eux, ouais. » Nous montâmes une côte escarpée et redescendîmes dans un creux. Je vis Isaiah Stillman un peu plus loin, adossé à un érable abattu. Un autre corps à quelques pas. « À cause de ton chien. Parce qu'il a tué l'autre garçon.

— Ça m'a juste donné à réfléchir à tout ce qui pouvait leur tomber dessus là-haut.

— Comme ceci, dit J.T.

— Ou pire. Oui, m'dame.

— Shérif, dit Stillman tandis que nous approchions. Les autres vont bien ? »

J'acquiesçai.

« Ce vieux connard m'a tiré dessus », dit l'autre. Ça avait l'air grave, mais ça ne l'était pas. Nathan connaissait ses distances de tir et la dispersion de la chevrotine. Le pantalon du garçon était en lambeaux et le bas de son corps ensanglanté, et quelqu'un aux urgences allait passer plusieurs heures à extraire des plombs avec une pince à épiler, mais le jeune homme serait rapidement sur pied.

« Ferme-la, lui dit J.T.

— Z'étaient trois, dit Nathan, tous des jeunots. J'imagine que ses potes sont cachés sous leur lit, à présent. »

J.T. me regarda. « C'est pas un nouveau message de Memphis, alors. » Ce à quoi nous songions tous les deux, même si nous ne l'avions formulé ni l'un ni l'autre.

« On dirait que non.

— Ils voulaient que je me batte contre eux, dit Stillman. Comme je ne voulais pas, ça les a foutus en rage.

— Y se sont mis à le dérouiller sévère. Surtout celui-là. »

Comme Nathan hochait la tête dans sa direction, le garçon commença à dire quelque chose. J.T. lui donna un coup de pied.

« Alors tu les as arrêtés. »

Nathan fit oui. Il sortit son couteau et pela une épaisse longueur d'écorce de l'arbre tombé, puis tailla des lianes sur un buisson voisin. Trois minutes plus tard, il avait posé une attelle sur la jambe d'Isaiah. « L'autre, je dis qu'on n'a qu'à le balancer dans le pick-up.

— Ou dans un ravin », dit J.T.

Pas de doute, cette fille apprenait vite.

Chapitre 27

Nous conduisîmes Isaiah et l'autre garçon nommé Sammy au Cahoma County Hospital, puis nous allâmes cueillir les deux autres et les plaçâmes en cellule pour la nuit. Demain, ils seraient en route, soit pour le centre de détention de Cahoma County, eux aussi, soit pour Memphis, selon ce que déciderait le juge Gray. Tous deux dégageaient une odeur de bière rance, et celle d'une peur qu'ils n'avaient encore jamais connue. Les parents de l'un se présentèrent, écoutèrent ce que nous avions à leur dire, secouèrent la tête, et s'en allèrent. Pour l'autre, sa mère célibataire demanda ce qu'elle devait faire. À sa façon de le dire, on sentait qu'elle se posait la même question depuis des années.

Du côté de Jefferson, dirent les garçons. On a bu pendant le match et après, on voulait juste s'amuser, voyez ? Vous vous souvenez de comment c'était ?… Quelqu'un leur avait parlé de ces tordus qui jouaient à Tarzan dans les collines et ils avaient décidé d'aller y faire un tour.

« Faudra un bon moment avant qu'ils s'en sortent », dit J.T.

Peut-être. Mais la résilience des humains est un sujet d'étonnement permanent.

C'est Moira qui, tandis qu'ils quittaient tous le campement, avait emmené le portable. Elle avait envoyé un e-mail, comme me l'expliqua J.T., à un vieil ami de Boston, lequel avait ensuite passé un appel « terrestre » au bureau.

Je songeais à cela plus tard ce matin-là, à Moira et à la résilience des humains, lorsque Eldon passa et me demanda si une balade me tentait. J.T. était rentrée pour essayer de dormir un peu. June était partie manger avec Lonnie, leurs déjeuners étant devenus une habitude hebdomadaire. Je pointai sur le registre et empochai le biper. Nous traversâmes la ville, passâmes devant l'ancienne église méthodiste pour arriver jusqu'à ce qui avait été autrefois les fertiles pâtures de la famille Meador et n'était plus désormais que broussailles.

«Tu le vis bien ?

— Val et toi, tu veux dire ?

— Notre projet, oui.

— Je trouve ça génial.

— La plupart des gens nous croient cinglés.

— C'est parce que vous l'êtes.

— Eh bien… »

Nous nous interrompîmes pour observer un pivert agaçant un jeune arbre de l'épaisseur d'un manche à balai.

« Impossible qu'il y ait quoi que ce soit là-dedans

qui vaille autant d'efforts, dit Eldon. On reviendra, tu sais.

— Bien sûr. Mais ça ne sera plus jamais pareil.

— C'est vrai. »

Il se pencha et arracha un brin d'herbe, le coinça entre ses pouces et souffla dessus. Même ainsi il faisait de la musique.

« Dur de reprendre la route, plus dur que je ne l'aurais cru. Je ne m'en serais jamais douté. Durant toutes ces années, de tous ces endroits, c'est le seul où je me sois jamais senti chez moi.

— Comme tu l'as dit, vous reviendrez.

— Et les autres, tu crois qu'ils vont revenir ?

— Memphis ? »

Il approuva.

« Aucun doute là-dessus. »

À l'orée des arbres, un oisillon titubait, battant des ailes.

« Il essaie, dit Eldon. Comme s'il sentait qu'il est capable d'un truc incroyable, même s'il ne sait pas encore ce que c'est. »

Nous reprîmes le chemin de la ville.

« Tant mieux si tu le vis bien.

— Toi et Val ? Sûr. Pour l'autre…

— C'est comme ça que ça marche. La violence est une chose solitaire, ça vous envahit et réclame son dû. Mais ils n'avaient pas le droit d'amener ça ici.

— Et ça devrait pouvoir finir. Une fin naturelle, une fin pas naturelle — une fin ou une autre. Combien de temps est-ce que ça doit durer ?

— Tu poses la question à un Noir ? »

— Bien vu. »

Tandis que nous revenions sur nos pas, il me parla de leurs plans, à lui et à Val, tels qu'ils se présentaient pour le moment. Un festival de musique traditionnelle vers Hot Springs, ce grand raout qui se tenait tous les ans au Texas, une longue enfilade de festivals folk et bluegrass qui couraient de la Californie jusqu'à Seattle.

« C'est là que tous les minibus VW se rendent pour mourir, me dit Eldon. Un vrai cimetière des éléphants, tout le long de la côte. Bus VW, chemises à carreaux, et des vieux types avec des queues-de-cheval grises et hirsutes partout où se porte le regard. »

Nous nous arrêtâmes devant le bureau, d'où June nous fit signe de la main. Eldon jeta un coup d'œil à l'intérieur.

« Elle s'en sort ? »

J'acquiesçai.

« Et Don Lee ?

— Pas aussi bien.

— Ouais. » Il commença à s'éloigner, puis se retourna. « Tout ce baratin sur le fait de donner quelque chose en retour ? J'ai toujours pensé que c'étaient des conneries.

— C'est en grande partie vrai.

— Ouais. Eh bien… c'est vrai pour la plupart des choses. »

Lonnie était revenu au bureau avec June. Ils prenaient tous deux un café avec Don Lee. Qui hochait la tête. Lonnie levait sa tasse en guise d'invite.

« Qui l'a fait ? » demandai-je.

June sourit.

Sans danger, donc.

« T'en fais pas, Turner, dit Lonnie. Ça nous arrive à tous avec l'âge, cette manie de la méfiance. Ça commence avec le café, et avant que tu aies le temps de t'en rendre compte tu te mets à porter deux chemises les jours venteux et à entasser des vieux journaux sous ta porte.

— Voire même à porter un petit chapeau ridicule quand tu fais ta sieste l'après-midi », dit June. Lonnie nous gratifia en retour d'un regard qui disait clairement « Qui, moi ? ».

Ils étaient au courant d'une grande partie des événements qui s'étaient déroulés au campement. Je leur racontai le reste.

« Mais pourquoi diable le détruire ? demanda Lonnie.

— Qui sait ? Mais il est bel et bien détruit.

— On devrait réunir quelques personnes, dit June. Aller leur filer un coup de main pour reconstruire. »

Nous la regardâmes tous. Elle avait raison. Un élan de sympathie se faisait sentir depuis un moment, en ville, depuis le jour de l'enterrement du garçon que le chien de Nathan avait tué. La destruction du campement, combinée à l'insistance de June, le porta à son pinacle. Au cours des mois suivants, meubles, bois, vêtements, produits domestiques et une bonne dose de temps et d'efforts trouveraient le chemin des collines, pour notre plus grand bénéfice à tous.

Lonnie secoua la tête. « Ce sont que des gamins.

— Que des gamins.

— Tu as dû penser que…

— Bien sûr que c'est ce qu'on a pensé.

— Rien d'autre à ce sujet ?

— Rien de concret, non. Eldon et moi étions justement en train d'en parler, on se demandait combien de temps ça devait durer.

— Une fois que c'est commencé… » Lonnie se leva et se versa une nouvelle tasse de café. « Certaines de ces familles ont des querelles qui remontent au temps où le premier homme des cavernes a dit : "Hé, regardez-moi, je marche debout !" Ils ne connaissent rien d'autre.

— Faut couper la tête, dit Don Lee, parlant pour la première fois. Tu coupes la tête, ça meurt. »

Chapitre 28

À présent, je vais faire un bond en avant, passer lundi et mardi, jusqu'aux retombées.

L'appel de Memphis vint par une matinée ensoleillée. Un mercredi.

Incapable de dormir, je brassais de la paperasse et créais des dossiers inutiles depuis trois heures du matin. J'étais en train de regarder par la fenêtre Bill de la station Gulf apprendre à ses gosses à faire du vélo, lorsque le téléphone sonna. Une araignée avait bâti une toile phénoménale dans l'un des coins de la fenêtre. Son œuvre et ses pattes brillantes filtraient la lumière du matin comme des prismes.

« Bureau du shérif.

— Turner ?

— Lui-même.

— Sam Hamill à l'appareil.

— Toujours un plaisir.

— Mais bien sûr.

— J'imagine que vous n'appelez pas pour dire bonjour.

— Pas vraiment. » Il plaça sa main sur le combiné pendant un moment — quelques mots dans les coulisses, en l'occurrence. Puis il fut de retour. « En fait, il s'est passé un truc bizarre par ici.

— Ce sont des choses qui arrivent.

— J'ai un cadavre. »

J'attendis.

« Deux, en fait. Mais un seul qui ait de l'importance. Un homme du nom de Jorge Aleché.

— Quand ?

— Entre midi et seize heures hier, lui et le garde du corps. Pourquoi cette question ?

— Curiosité. Qu'est-ce que je peux faire pour vous exactement, Sam ?

— Aucune chance que vous soyez revenu faire un tour en ville ?

— Aucune. On a été un peu occupés par ici aussi.

— C'est ce que j'ai entendu dire. » Au bout d'un moment il ajouta : « J'ai parlé avec le shérif Bates. Désolé pour la fusillade. Il m'a dit toutefois que vous aviez eu celui qui a fait le coup.

— Celui qui a pressé la détente, oui.

— Eh bien, on dirait que quelqu'un est allé chercher un petit peu plus loin, si vous voyez ce que je veux dire. À peu près aussi loin que possible, en fait. Vous pensez que c'est ce qui s'est passé, Turner ?

— Possible.

— J'ai essayé de joindre le nouveau shérif, un dénommé J.T. Burke, et une personne m'a dit… juste un instant… Mabel ? C'est bien ça ?

— Mabel. Oui.

— Quelqu'un m'a dit que le shérif était occupé par des affaires officielles et me rappellerait dès que possible. Un peu avant, j'ai tenté de parler à quelqu'un du nom de Don Lee…

— Qui fait office de shérif.

— C'est ce qu'on m'a dit. Donc, à ma connaissance, il y a cette Mabel, une secrétaire du nom de June, deux ou trois shérifs. Vous avez un sacré personnel pour une ville de cette taille.

— On se relaie. Le lundi c'est le jour où j'aide les enfants à traverser.

— Bien sûr. En tout cas, sa femme m'a dit que ce Don Lee n'était pas en grande forme — il a été blessé récemment, c'est bien ça ? —, qu'il se reposait, et qu'à moins que ce soit vraiment très important, elle ne voulait pas le déranger.

— Y a-t-il un message que je puisse transmettre au shérif Burke de votre part, Sam ?

— Le fond de l'histoire, c'est que, comme personne d'autre ne semble disponible, je me retrouve à parler avec vous.

— On dirait bien.

— En termes officiels.

— Donnez-moi un instant, alors. Que j'aille chercher mon arme et mon insigne. »

Le combiné émit ce qui ressemblait fort à un ricanement. « Vous ne changerez jamais, n'est-ce pas ?

— Au contraire, tout le temps.

— Étant donné la possibilité d'un lien entre les attaques que vous avez subies et la fusillade ici…

— Pas grand-chose ne vous échappe, à vous autres.

— ... le MPD considère qu'il est vital d'accroître le champ de l'enquête. On m'a chargé d'ordonner une investigation locale complète, et d'en transmettre la responsabilité à votre bureau. Ce que je fais par cet appel.

— Mais, m'sieur, j'sais pas si...

— Fermez-la, Turner. Estimez-vous simplement heureux que le FBI ne soit pas en route pour vous rendre visite. »

Il avait raison, bien sûr.

« Turner...

— Ouais ?

— Je suis désolé que ça finisse comme ça.

— Merci, Sam.

— On attend votre rapport, alors. En temps utile. Pas d'urgence particulière, on a déjà fort à faire ici.

— Les affaires marchent, comme toujours.

— C'est la vérité du Seigneur. Hé, Turner... ?

— Ouais ?

— Si jamais vous repassez par ici, vous devriez penser à passer un petit coup de fil à Tracy Caulding. Pour je ne sais quelle raison tordue, cette femme vous aime bien.

— Je sais que ça vous semble incroyable, Sam, mais les gens m'aiment bien.

— Allez comprendre... C'est un drôle de monde, pas vrai ? »

Chapitre 29

Aucun doute là-dessus.

Je ne sais pas exactement sur quoi le MPD voulait que nous enquêtions, mais au cours des jours suivants, j'assumai mon rôle. J.T. avait pris quelques jours de congé pour retourner à Seattle — « une ou deux choses dont je dois m'occuper ». Elle était partie juste avant que tout ça arrive, alors j'étais plus ou moins aux commandes.

Je fis un saut chez Don Lee cet après-midi-là pour voir s'il était en état de venir me donner un coup de main. Patty Ann vint ouvrir et me dit à quel point elle était désolée. Elle m'informa que Don Lee dormait. Une riche odeur de levure émanait depuis l'intérieur de la maison.

« Il va bien ? demandai-je.

— À merveille.

— J'ai entendu dire que ça n'allait pas. »

Elle me regarda un moment avant de dire : « Ça va ça vient. Un peu comme Donald. » Elle baissa les yeux, puis ajouta : « Je peux aller te le chercher.

— Non, non. Il a besoin de repos. Dis-lui de m'appeler.

— Entendu. Un morceau de tourte avant d'y aller ? J'allais justement la sortir du four.

— Il vaut mieux que j'y aille, mais merci. »

Son regard retint le mien. Quelque chose voulait sortir, quelque chose qui avait besoin d'être dit — au sujet de ce qui s'était passé ? au sujet de Don ? — mais qui ne parvint pas à remonter à la surface.

Je m'arrêtai pour aider Sally Miller, dont la voiture avait calé à la sortie de la ville, et me rangeai devant chez Lonnie quelques instants après le maître des lieux. Il portait son habituel treillis — il devait les acheter par douzaines — et une chemise bleue. Il avait une veste de sport sur une épaule, sa sacoche sur l'autre. Cette sacoche, il l'avait empruntée à June des années auparavant lorsqu'elle avait fini le lycée, et désormais il l'emmenait partout. Dieu seul sait ce qu'elle pouvait contenir.

« On s'est offert une petite balade, c'est ça ?

— Une affaire qu'il fallait que je règle, pouvais pas reporter plus longtemps. Tu tiens le coup ?

— Ça va.

— Je me disais que j'allais avaler un morceau sur le pouce, et passer au bureau voir si je pouvais être utile à quelque chose. »

Shirley ouvrit la porte tandis que nous montions sur la véranda. Elle me serra dans ses bras, puis serra Lonnie. Dans la cuisine, une assiette de sandwiches nous attendait déjà avec du café frais dans une de ces cafetières qui ressemblent à des urnes.

« Tu as commandé d'avance ? » demandai-je.

Il haussa les épaules. Shirley sourit, dit qu'elle priait pour nous, et s'éclipsa.

Tandis qu'il mangeait et que je buvais le café, je lui parlai du coup de fil de Memphis.

« Enquête complète, mon cul », dit Lonnie lorsque j'eus fini. Il extirpa un brin de céleri d'entre ses dents et demanda : « Ces gosses dans les collines, ils vont bien ?

— Isaiah est de retour parmi eux, tout plâtré qu'il est. Avec le coup de main que tout le monde leur a donné, ça commence à ressembler à quelque chose là-haut. »

Il se leva, débrancha la cafetière, l'amena et nous resservit tous deux.

« Y a-t-il quoi que ce soit dont tu aies besoin, Turner ? Quoi que ce soit que je puisse faire ?

— Juste du temps…

— Du temps, oui. Pire ennemi, meilleur ami, le tout en un. S'il y a quoi que ce soit…

— Oui, Lonnie.

— J'aime penser que j'ai pas besoin de te le dire.

— Tu n'as pas besoin.

— Bon.

— Cette affaire dont il fallait que tu t'occupes…

— Pas grand-chose. Des vieux trucs à régler. C'est fait. » Il s'empara d'un autre sandwich, en ôta la croûte. Celui-ci était au fromage pimenté, que Shirley moulait dans un vieux mixeur aussi lourd qu'une enclume. « On était inquiets pour toi, tout seul là-haut à la cabane. Dans ces moments-là, un homme a besoin…

— J'étais où il fallait que je sois, Lonnie. À faire ce que j'avais à faire.

— Bien. Qui le saurait mieux que toi, hein ?

— Je vais bien. »

Dans le salon, la télé était allumée et notre président du moment, émanation d'un quarteron d'archi-conservateurs qui s'étaient emparés du pays pour lui tordre le cou au nom de la liberté, un homme avec une liste de choses à faire pour qui tout était d'une clarté de cristal, parlait de « troubles récents dans le vieux monde ». Une fois de plus, je m'émerveillai de la facilité avec laquelle nous parvenons à nous convaincre que nos actes sont justifiés, vertueux, faits pour le bien.

« Faut quand même admettre que c'est admirable ce que ces gosses sont en train de faire là-haut, dit Lonnie, si insensé que ce soit. Ils avaient une idée, une étoile à suivre, ils sont prêts à tout donner pour y arriver. Combien d'entre nous peuvent en dire autant ? »

J.T. fut de retour en ville peu de temps après. Je vis son pick-up descendre la rue, allai à sa rencontre devant le bureau. Elle avait l'air épuisée — épuisée et surexcitée — tandis qu'elle arrachait un sac de sport de la cabine et le levait bien haut pour montrer que tout était là. « Voyager me fait toujours cet effet, dit-elle, ça m'épuise, ça me remonte. » Je la mis au courant pour le coup de fil de Memphis. Elle écouta attentivement, secoua la tête et ne dit rien.

« Alors, comment ça s'est passé ?

— Pas mal. Comment vas-tu ?

— J'ai connu pire. Tu as fait ce que tu avais à faire ?

— J'ai fait de mon mieux, en tout cas.

— Ils essaient toujours de te convaincre de revenir ?

— Non. Non, ça c'est fini. Ça c'est fini, le vol est fini, la route est finie — et je suis affamée.

— Rentre à la maison avec moi alors. Je cuisinerai. »

Elle hésita. « Je crois pas que j'aie très envie d'être à la cabane en ce moment, p'pa.

— Je comprends, on n'a qu'à sortir. Qu'est-ce qui te dirait ?

— N'importe quoi, du moment que ce ne soit pas le Jay's Diner. Non, mettons que j'ai rien dit. De la viande. De la vraie viande. »

Et puisque Eldon jouait au *steakhouse* à un peu plus d'une heure de route, quel meilleur choix ?

Nous choisîmes donc, et roulâmes, tout cela pour constater qu'Eldon avait disparu. Il avait annoncé qu'il lui fallait quitter la ville un ou deux jours, nous dit notre serveuse, son expression suggérant qu'elle aurait donné n'importe quoi pour en faire autant.

Nous avions fait le chemin vitres ouvertes, le long de routes désertes, et traversé des flaques de lumière descendues de la lune dans le parfum de la pluie à venir. C'était en de telles occasions, assis ensemble autour de la table de la cuisine ou en voiture, libérés pendant quelques instants de toute contingence, que les barrières naturelles entre J.T. et moi refluaient. Elles ne disparaissent pas — simplement, en ces moments suspendus, elles cessaient de compter.

« J'ai beaucoup pensé à mon frère, à Don, dit-elle. Je pensais à tous ces gens pour qui la vie semble impossible. Ces gens qui font sans cesse les mêmes trucs vraiment stupides. Des trucs stupides, des trucs violents — soit à eux-mêmes, soit aux autres.

— La douleur comme pivot, la perte comme levier — ça permet à leur monde de rester en l'air. Au bout d'un moment, ces choses peuvent devenir les seules qu'ils ressentent, qui leur disent qu'ils sont encore en vie.

— Exactement. Tu as travaillé avec ce genre de gens, p'pa. Tu dois les comprendre.

— Non. Tu crois toujours que tu vas y parvenir. Chaque fois que tu apprends quelque chose de nouveau, que tu t'entiches d'une nouvelle passion, tu crois que tu en prends le chemin. Comme cette chanson que chantaient Eldon et Val. *Farther along we'll know all about it...* Mais c'est faux. Tu te retrouves avec les mêmes cartes vierges en main — sauf que tu en as plus qu'avant. »

En dépit de l'absence d'Eldon, nous en profitâmes pleinement, ainsi que de près de deux kilos de steak à nous deux, puis nous prîmes le chemin du retour. Il n'était pas difficile d'imaginer des fantômes juste au-delà de la route, parmi les arbres, qui s'échappaient de centaines de *sleepy hollows*[1], échos mourants de grandes idées, d'espoirs chéris et de vies souhaitées.

Cette nuit-là, j'entendis, ou rêvai que j'entendais, gratter à la moustiquaire de la fenêtre près de mon lit. Je sortis sur la véranda, mais il n'y avait rien. Rien que la vieille chaise maintenue par de la ficelle, les taches sur le plancher.

Rien.

---

1. Référence à une légende américaine : un mystérieux cavalier décapite un à un les habitants d'une petite bourgade de la Nouvelle-Angleterre et disparaît en emportant leurs têtes.

Chapitre 30

Lundi, à présent. Avant le coup de fil de Memphis, avant ma pseudo-enquête. Ou tout simplement, *avant*. Val et moi sommes assis sur la véranda.

« Nous partons demain matin, à la première heure. »

Les instruments rangés sur la banquette arrière de la Volvo jaune, le mobile home attelé derrière, la route qui se déroule devant. En route pour l'Ouest.

Avant.

« Comme des chasseurs.

— Exactement.

— Je...

— Je sais. J'ai déjà fermé la maison. Je pensais dormir ici cette nuit, si tu veux bien.

— Bien sûr. Première étape, le Texas, c'est bien ce que vous avez prévu ?

— Si tant est qu'on ait prévu quoi que ce soit. On va juste monter dans la voiture, tourner le capot dans cette direction et voir ce qui arrivera. »

Je rentrai chercher une bouteille de vin que j'avais

mise à rafraîchir, juste comme elle aimait, la rejoignis sur la véranda. Je me souviens que l'étiquette de la bouteille était colorée, rouge, jaune, mauve, vert, avec une porte ou une grille en bois dessus ; après, lorsque tout le monde serait parti, je resterais assis à la contempler.

« Tu as ce qu'il faut, niveau finances, c'est sûr ?

— Bon Dieu, on croirait entendre un père dont la fille part à la fac. Mais oui, j'ai ce qu'il faut. »

Elle leva son verre, huma le vin et sourit, puis elle reposa le verre. Faites rafraîchir le vin, puis laissez-le se réchauffer avant de le boire. Quelque part là-dedans se nichait une sorte de moment parfait.

« Toutes ces années payées par l'État, les honoraires des clients, le seul argent que j'aie dépensé était pour la maison, et seulement pour les matériaux, puisque c'est moi… nous qui faisions les travaux. Le reste, je l'ai mis de côté ou — Dieu me pardonne, mais je conduis une Volvo après tout — investi. Alors j'ai un radeau auquel m'agripper dans les rapides. »

Une coccinelle se posa sur son verre et replia ses ailes. Val l'observa tandis qu'elle en franchissait le rebord.

« Il y a tant de choses qui vont me manquer, dit-elle. Au boulot, je veux dire, le reste va de soi.

— Donner quelque chose en retour, changer les choses, être une force au service du bien…

— Gagner. Avoir raison. »

Nous ne parlâmes ni l'un ni l'autre pendant un

moment. Je buvais mon vin à petites gorgées. Elle savourait le sien à l'avance.

« Ce qui me fait peur c'est que, tant de fois, ça se résume à ça. Ce qui est une autre raison pour laquelle je veux arrêter. Pour l'instant, en tout cas. Dans tout ce que j'ai fait, j'ai toujours commencé en essayant juste de m'en sortir. De ne pas tout faire foirer. Puis, avant que je m'en rende compte, je commence à tout prendre au sérieux, quel que soit le sujet — ma collection de billes, réparer les clôtures, quoi que ce soit — et je tente de relier tous les points, de faire bouger les choses, de faire en sorte que ces billes et ces clôtures comptent. Transformer ces stupides petites billes en mondes à part entière. »

Elle se remit à observer la coccinelle, qui en était à son troisième ou quatrième passage.

« Les Français les appellent des *bêtes à bon Dieu*[1], dit-elle. Quel nom merveilleux.

— Pour une chose aussi petite et insignifiante.

— Exactement. » Son regard s'égara vers les arbres. « Pour la musique, ce sera pareil. Je le sais. »

Puis : « Les faiseurs de mythes ont tout faux, Turner. Ce n'est pas un combat entre le bien et le mal. C'est une guerre absconse entre les planificateurs, tous ces gens qui savent exactement comment les choses doivent être faites et comment il faut s'y prendre pour y arriver, et les visionnaires, qui

1. En français dans le texte.

voient quelque chose de complètement différent, et je n'ai jamais réussi à décider…

— "De quel côté êtes-vous, les gars, de quel côté êtes-vous ?" Encore un vieux refrain.

— Tout à fait.

— On est coincés en plein milieu, Val.

— Raison pour laquelle on en fait des mythes. »

Elle passa une jambe par-dessus l'accoudoir de sa chaise et se tourna vers moi. Les jointures de la chaise prirent une sérieuse tangente, le fil qui les maintenait en place à la limite de la rupture.

« Il y a une histoire que j'adore, je ne crois pas te l'avoir racontée. Un jour, il y a bien des années, Itzhak Perlman donne un concert au Carnegie Hall, une énorme salle dans ce genre-là, et bien sûr c'est archibondé. Il boitille jusqu'à la scène, range ses béquilles, s'installe sur sa chaise. L'orchestre commence à jouer, vient son entrée, et à la deuxième ou troisième note, une corde casse. Comme un coup de feu. Et tout le monde se dit : bon ben voilà… Mais très calmement Perlman fait signe au chef de reprendre — et il joue tout le concerto avec seulement trois cordes. On peut presque le voir repenser les parties dans sa tête pendant qu'il joue, les réarranger, les redistribuer, les réinventer. Et il le fait à la perfection. "Vous savez, dit-il après, parfois il est du devoir de l'artiste de découvrir ce qu'il peut encore créer avec ce qui lui reste." »

Avec un sourire, elle prit son verre et le porta à sa bouche. Je détournai les yeux pour suivre un oiseau dont les ailes attrapaient un rayon de soleil.

Après le coup de feu, je me rendis compte que tout était silencieux depuis un bon moment. Oiseaux de nuit, grenouilles, pas un son. Et ça m'avait échappé.

Un bruit de verre brisé suivit immédiatement la détonation. Val s'assit toute droite sur sa chaise, sa bouche s'ouvrit deux fois comme pour parler, puis elle s'effondra. Je me précipitai vers elle, m'attendant à tout moment à entendre un deuxième coup de feu. Tandis que je la retenais, elle montra du doigt le vin qui s'écoulait lentement sur le plancher. C'est à ce moment-là que survint le deuxième coup de feu — celui-ci provenait d'un fusil de chasse, pas d'une carabine.

Nathan apparut à l'orée de la clairière. Il extrayait par la force de l'habitude de toute une vie les douilles vides et les remplaçait par des cartouches neuves alors même qu'il s'avançait vers nous. En quelques instants, il était là et allongeait Val sur le plancher. Nous avions tous deux vu suffisamment de blessures par balles, et savions ce qui devait être fait.

J'appris plus tard que les gamins dans les collines n'étaient pas les seuls sur lesquels Nathan gardait un œil. Il était arrivé juste après que le type eut tiré une première fois, et alors qu'il s'apprêtait à faire feu de nouveau. « Il a dû entendre le déclic du cran de sûreté, dit Nathan, parce qu'il ne m'a certainement pas entendu moi, et il a tourné la tête juste à temps pour voir arriver la double décharge. »

Pas de pièce d'identité sur le corps, bien sûr. Les clés d'une Camry qui se révéla être non pas louée mais volée, une épaisse liasse de billets de vingt et de cent dans une pince à billets, une flasque de whiskey pleine dans la poche arrière de son jean. Dans l'autre, une médaille d'honneur du Congrès.

J.T. revint à la cabane m'apprendre tout ça.

« Ça nous permettra peut-être de remonter sa piste, dit-elle, à condition bien sûr que la médaille lui appartienne. »

Mais remonter sa piste, c'était faire du surplace. Nous le savions tous. Nous savions tous d'où il venait. Un soldat mort de plus ou de moins, avec ou sans nom, n'avait que peu d'importance dans l'ordre des choses.

« P'pa ? »

C'est seulement à cet instant que je me suis rendu compte que j'étais resté silencieux.

« Ça va aller ? »

Bien sûr que oui, avec le temps.

« Tu ne devrais pas rester ici tout seul. Viens en ville et dors chez moi, juste pour ce soir. »

Mais je déclinai, insistant sur le fait qu'être seul était exactement ce dont j'avais besoin.

Les gens disent toujours que tout est flou dans ces moments-là, mais c'est faux. Quelle que soit la vitesse à laquelle les choses se passent, chaque événement dure une éternité dans votre esprit, chaque image est claire et détachée et nimbée de lumière. Quelque part au fond de ma mémoire, Val sera éternellement effondrée sur sa chaise avec une expression de stupeur sur le visage, montrant du doigt le vin renversé.

Lonnie fit son apparition peu de temps après, suivi de Don Lee qui remorquait Doc Oldham. À un moment, Lonnie menaça de me passer les menottes et de traîner mon cul jusqu'en ville s'il le fallait. Mais il ne donna pas suite. La plupart d'entre nous ne donnent pas suite ; c'est une des choses sur lesquelles on peut toujours compter.

Eldon fut le dernier à arriver, après que tous les autres étaient partis, même Nathan — quoique, pour ce que j'en sais, celui-ci rôdait toujours à l'extérieur. Eldon s'assit sur le rebord de la véranda.

« Je suis désolé, vieux.

— On l'est tous.

— Tu n'as pas idée. »

Je n'avais plus grand-chose du tout.

« La pluie arrive.

— Tant mieux. »

Après un moment, il dit : « Je l'aimais, John. »

Après un moment, je dis : « Je sais.

— Qu'est-ce qu'on va bien pouvoir foutre maintenant, vieux ?

— Tu vas continuer jusqu'au Texas et tous ces endroits dont vous aviez parlé tous les deux, et tu vas jouer et chanter toutes ces chansons que Val et toi jouiez toujours ensemble. »

Je rentrai chercher le banjo.

« Elle m'a dit que tu apprenais à en jouer.

— Je sais pas si on peut appeler *jouer* ce que le banjo et moi faisons ensemble. Il s'agit plutôt d'un rapport de forces. »

Lorsque je le lui tendis, il dit : « Je ne peux pas accepter ça.

— Bien sûr que si. Il a besoin de servir, il a besoin qu'on lui permette de faire ce pour quoi il a été conçu. »

Nous bataillâmes encore quelques moments à ce sujet, puis il finit par accepter. « OK, je le prends, j'apprendrai même à en jouer. Mais ce n'est pas le mien.

— C'est ce que Val disait toujours : les instruments n'appartiennent pas aux gens, on les emprunte juste un moment.

— Et toi ? Qu'est-ce que tu vas faire ?

— Je vais m'asseoir sur cette véranda », lui répondis-je. Et quand il fut parti, c'est ce que je fis, je m'assis sur la véranda, mon regard allait des arbres à l'étiquette de la bouteille de vin tandis que je songeais aux lignes brisées de ma vie. Le jour allait se lever quand je vis Miss Emily à la lisière du bois, sa progéniture en file indienne derrière elle. « Val », dis-je à voix haute, et l'écho venu des arbres qui me renvoyait son nom ressemblait beaucoup à une prière.

Quelque part au plus profond de moi-même, je suis toujours assis là, à attendre.

DU MÊME AUTEUR

Aux Éditions Gallimard

Dans la collection La Noire

LA MORT AURA TES YEUX, 1999.

Les enquêtes de Lew Griffin

LE FAUCHEUX, 1998.

PAPILLON DE NUIT, 2000.

LE FRELON NOIR, 2001.

L'ŒIL DU CRIQUET, 2003.

BLUEBOTTLE, 2005.

BÊTE À BON DIEU, 2005.

Dans la collection Série Noire

Les enquêtes de John Turner

SALT RIVER, 2010.

BOIS MORT, 2006, Folio Policier n° 567.

CRIPPLE CREEK, 2007, Folio Policier n° 585.

Aux Éditions Rivages

Dans la collection Rivages / Noir

DRIVE, n° 613, 2006.

Dans la collection Écrits noirs

CHESTER HIMES : UNE VIE, 2002.